LA NUIT DE LAHORE

Collection *Contemporains*
dirigée par Claude Frochaux

RENÉ BRAGARD

LA NUIT DE LAHORE

Roman

L'AGE D'HOMME

1.

Gontran-Eudes suivit machinalement du regard la main qui poussait vers lui le lourd chandelier d'argent. Les flammes des cinq bougies vacillèrent, agitant la demi-obscurité d'un trouble bref. Le solitaire indécent qui encombrait toute une phalange de l'annulaire de Cynthia parut se réveiller, cligna un court instant de tous ses yeux, se rendormit.

— Vous le reconnaissez ? demanda-t-elle doucement. Je l'avais à Darjeeling.

Gontran-Eudes ne répondit pas. Il observait les doigts qui, sous l'index et le médius, enserraient la base du bougeoir : la peau en était lisse et satinée ; seule une veine un peu trop saillante sinuait sur le dos de la main, se frayant un cours indécis à travers un semis de microscopiques taches de son. Malgré cela, cette main restait belle, très fine et très belle. Aristocratique : « aristocratique » était le mot convenable.

— Darjeeling, fit une voix hésitante derrière Gontran-Eudes, Monsieur parle encore souvent de Darjeeling et du Sultanat d'Odhpur.

Gontran-Eudes se retourna d'un mouvement vif, fusillant du regard son valet de chambre qui se tenait debout contre le dossier de la chaise.

— Julien, je vous en prie, Julien !

Le domestique ramena dans son dos ses mains gantées de blanc.

— Que Monsieur veuille bien me pardonner, bredouilla-t-il, confus.

Gontran-Eudes sourit à Cynthia :

— Il ne faut pas en vouloir à Julien. Nous sommes si seuls, tous les deux ! Cela autorise une certaine familiarité, n'est-ce pas ?

Les lèvres de l'Anglaise découvrirent ses dents (ces fameuses dents, « si merveilleusement éblouissantes » comme l'écrivait le chroniqueur sans complexes du « Darjeeling News ») :

— Allons, Gontran ! Julien est tellement au-dessus de sa condition !

Le valet de chambre s'inclina, juste ce qu'il fallait :

— Je remercie Madame.

Gontran fronça les sourcils mais ne fit aucune remarque. Il fixa d'un œil chagrin le fond de son assiette où figeait un reste de jus, piqua un morceau de pain au bout de sa fourchette, sauça, porta le tout à sa bouche d'un geste élégant. Puis il but.

— A notre époque, observa-t-il, conciliant, ce n'est pas tellement facile d'appartenir à de vieilles familles comme les nôtres.

— Mais pourquoi, Gontran-Eudes ? Moi, ça ne me gêne pas du tout, je vous assure ! Il n'y a rien de tel que les républiques pour entourer les gens titrés de considération ! Il suffit de voir la chasse aux particules à laquelle se livrent ceux qui n'en ont pas !

— J'en suis bien conscient, mais cela m'attriste. Raison de plus pour que nous, qui n'avons ni acheté, ni inventé nos quartiers, nous nous attachions à tenir notre rang envers et contre tout.

L'argenterie armoriée chatoyait paisiblement autour des assiettes frappées du même blason. Une guirlande de petits vases de cristal que reliaient entre eux de transparentes arabesques égrenait sur son parcours des bouquets de roses naines, rouges et rondes comme des bouches de très jeunes filles.

Lady Cynthia saisit négligemment une clochette minuscule qu'elle fit tinter, une seule fois, avant de la reposer sur la nappe.

Une fille sans âge, dont on ne discernait, dans la pénombre, que le tablier et les manchettes blanches, desservit les couverts.

— Julien, murmura Cynthia, soyez donc assez gentil pour nous servir à boire.

— Vous avez là un cru remarquable, apprécia Gontran-Eudes en faisant imperceptiblement claquer ses lèvres.

— Je perpétue de mon mieux les choix de mon mari, répondit-elle d'une voix plate.

Gontran-Eudes fit « ah ! » et vida son verre. Cynthia sourit : « Pourquoi pas, Gontran-Eudes ? ».

Pourquoi pas, en effet ?

— A Darjeeling, fit-il remarquer, vous n'aviez pas ces vins-là ?

Cynthia avança sa main au travers de la table, en effleura celle de son invité avant de la retirer rapidement.

— Darjeeling ! Il n'y a pas que Darjeeling, tout de même !

C'était heureux. Pourtant Darjeeling avait été, du moins pour un temps, une fantastique, une heureuse et lumineuse et fantastique période.

Gontran-Eudes parut hésiter, porta sur sa compagne un regard incisif puis brusquement se décida :

— Avez-vous eu de ses nouvelles ?

Il vit se soulever les paupières bleues ; les yeux gris (si pâles, si transparents, si jeunes, ah ! tellement jeunes !) se fixer sur lui.

— Je sais qu'il vit, répondit-elle sans émotion apparente. Il vit, répéta-t-elle, il vit : je ne sais rien d'autre.

Comme Gontran-Eudes persistait à la dévisager, elle précisa :

— Il se fait envoyer de l'argent par le notaire, de temps en temps. Poste restante. Très peu d'argent, vraiment très peu !

La soubrette était réapparue, tenant le plateau de fromages. L'un après l'autre, ils firent signe qu'ils n'en prendraient pas. La fille le reposa sur une table roulante où un valet venait de déposer un plat ovale.

— L'omelette norvégienne, commenta Cynthia, vous ne craignez pas ?

Il éclata de rire :

— Vous avez toujours si bien su souffler le chaud et le froid !

— Vous aviez ce même rire, Gontran-Eudes, il y a de cela… ah dites-moi combien d'années ? Le même, reprit-elle, pensive, le même je vous assure.

Il la regarda tristement.

— Le rire, je ne dis pas… c'est à peu près tout. Pourquoi la jeunesse s'acharne-t-elle à s'accrocher au cœur des hommes quand leur corps a depuis longtemps capitulé ? Pourquoi cet enfant increvable au dedans de nous, ce cadavre aux joues roses qu'on n'arrive pas à jeter par dessus bord ?

Il s'interrompit brusquement. Confus.

— Je vous prie de m'excuser, Cynthia.

En disant cela, il avait machinalement avancé les bras de part et d'autre de son assiette : un peu trop loin, de sorte que ses mains et ses poignets se trouvaient en pleine lumière, dans les ronds jaunes que le flambeau projetait sur la table.. Il s'en aperçut et les retira vivement. Il n'avait rien à cacher à Cynthia, sauf précisément cela : l'amidon qui camouflait mal l'effilochement des manchettes, le drap défraîchi du smoking auquel Julien avait dû, d'un coup de ciseaux minutieux, couper les fils effrangés.

Cynthia surveillait l'assiette de son ami. Dès qu'elle fut vide, elle posa sa serviette sur la nappe et se leva.

— Stephen, dit-elle, à demi-tournée vers son majordome, nous prendrons le café et les liqueurs dans le petit salon. Vous nous donnerez un peu de lumière, on veille les morts, ici ! Et soyez gentil, ravivez le feu.

— Vous n'avez rien mangé, Cynthia, reprocha Gontran-Eudes.

Un pli imperceptible se forma à la commissure des lèvres de l'Anglaise :

— Je soigne ma ligne !

— Comme si vous en aviez besoin !

En pleine lumière maintenant, elle restait insolemment semblable à la très jeune épouse du major de l'armée des Indes qu'il avait connue à New-Delhi : une liane, mais une liane à la fois souple et robuste, jouant négligemment avec le sautoir de perles grises qu'elle portait déjà là-bas.

— Vous ne fumez toujours pas ? demanda-t-elle.

Il fit non de la tête.

— Moi si, hélas !

Elle saisit sur la table basse un très long étui d'où elle

retira un fume-cigarettes d'ivoire culotté comme une vieille pipe. Elle y fixa une cigarette d'une geste précis.

— Vous n'avez pas de feu, bien entendu ?

Son homme de confiance reposa vivement les pincettes qui lui avaient servi à attiser le feu de cheminée et se précipita, le briquet à la main. Un sourire le récompensa :

— Merci, Stephen.

C'est le visage de Cynthia que Gontran-Eudes détaillait maintenant. Les rides, qu'il distinguait mieux, s'y inscrivaient en une fine et géométrique résille. Elles ne parvenaient pas à effacer la jeune et bouleversante frimousse qui lui était apparue, pour la première fois, dans les jardins du Vice-Roi.

D'un léger tapotement, elle fit tomber sa cendre dans la cheminée. Avant de le porter à sa bouche, elle resta quelques instants à contempler pensivement son fume-cigarettes. Elle eut une moue ironique :

— Rappelez-vous, mon cher, nous lisions beaucoup Dekobra, à l'époque.

C'est vrai qu'elle faisait très "Madone des Sleepings".

Il eut soudain honte de son costume que l'âge avait agrémenté de reflets verdâtres, chercha des yeux sans le trouver le refuge d'un coin d'ombre.

Ils s'assirent.

— Viendrez-vous dîner chez moi ? demanda-t-il.

— Je ne mange rien, vous avez vu ? Non, mon cher, voici ce que nous allons faire : une petite fête, vous et moi. J'apporterai du champagne et, savez-vous quoi ? J'attends un envoi de caviar. Du vrai, du gris à longs grains, de la Caspienne, vous en raffoliez autrefois. Vous l'aimez toujours, j'espère ?

— Je ne sais pas, je ne sais plus, il y a si longtemps.

— Rappelez-vous. A Ispahan, au Chah Abbas, nous le mangions à la petite cuiller. A vrai dire, vous vous en goinfriez, Malcolm et vous. Comment s'appelait donc cette adorable fille russe qui était à vous ? Sonia, non ? Ou Sophia ?

Il fouilla dans sa mémoire.

— Je crois que c'était Alexandra, finalement, conclut-il en riant.

— J'aurais dû m'en souvenir, dit-elle d'un ton joyeux, c'est le nom de mon drink préféré. Ce qui me surprenait en elle, c'était son accent à la fois velouté et si terrriblement rrrocailleux : vous vous rappelez ? Il me semblait entendre les grains de caviar couler dans son gosier comme des cailloux emportés par un torrent de champagne.

Elle l'accompagna sur le perron.

— Vous ne préférez pas passer la nuit ici ? Il se fait tard. Et vous êtes à soixante kilomètres de chez vous.

— Je vous remercie, non. Nous devons rentrer.

Elle fit appeler la Mercédès dont les pneus écrasèrent les graviers.

Elle attendit que son ami fût installé dans la voiture. Il abaissa la vitre et son visage apparut, tache blafarde sous la lune, puis sa main dans un geste d'adieu.

Julien, à côté du chauffeur, se tenait raide, compassé, juste comme il se doit. Il maintenait sur ses genoux, avec précaution, le vieux chapeau que Gontran-Eudes lui avait confié.

— Seigneur, soupira Cynthia en rentrant chez elle, comme il a vieilli, le pauvre !

Elle traversa le hall, s'arrêta au passage pour se regarder dans la glace monumentale où se reflétait le portrait, en pied et en uniforme, de Sir Malcolm. Elle s'approcha, étira la peau de ses joues entre ses doigts minces, parut à demi-rassurée et d'un pas ferme descendit l'escalier qui conduisait à l'office.

Le frigo regorgeait de victuailles.

Après une brève hésitation, elle cueillit une mini-bouteille de champagne qu'elle déposa sur la table avant de revenir au meuble blanc et rose dont le ventre illuminé s'ouvrait sur un amoncellement de nourritures.

Une voix sortit de l'ombre :

— Que diriez-vous d'une aile de pintade, avec un peu de farce ?

— Non, Stephen. Coupez-moi plutôt deux tranches de roast-beef. Avec des biscottes, ce sera parfait.

— Des biscottes avec du roast-beef, coupa le jeune homme, a-t-on idée ?

— Et débouchez-moi ça, je vous prie. Vous voulez prendre aussi quelque chose ?

— J'ai dîné, moi, Madame.

Elle s'assit la première, lui fit signe de s'installer en face d'elle.

— Vous vous tourmentez beaucoup pour ne pas froisser ce vieillard décrépit, grommela Stephen.

Elle se retint de lui crier qu'après tout, malgré leurs quinze ans d'écart, Gontran-Eudes et elle appartenaient à la même génération. La réflexion de son majordome l'avait traversée comme un coup de lance : une blessure courte et fulgurante qui maintenant se répandait en elle en vagues concentriques et acides.

Il comprit :

— Pardonnez-moi, fit-il à voix basse. Penaud.

Elle balbutia machinalement « ce n'est rien ».

— Vous savez bien que…

— N'ajoutez plus rien, Stephen. Plus rien.

Elle mordait à belles dents à même la tranche de viande rouge, accompagnait chaque bouchée d'une rasade de champagne, l'œil fixe, l'esprit ailleurs.

— C'est un vrai noble ? demanda Stephen.

— Un baron, rien qu'un baron, mais authentique.

— Authentique… et fauché ?

— Et fauché, oui. Mais je l'admire : il tient bien le coup. Magnifiquement. A sa place, je me demande si j'aurais pu… si j'aurais même essayé.

— Sait-on jamais ce qu'on ferait à la place des autres ?

Elle essuya ses lèvres, vida son verre et se leva.

— Savez-vous, Stephen, que l'Anglais est une langue merveilleuse ?

— Ah oui ? Pourquoi ?

— On n'y tutoie que Dieu. C'est bien commode de pouvoir toujours dire « vous » à n'importe qui, dans n'importe quelle situation.

— Très commode, votre Seigneurie, aboya-t-il méchamment.

Ils sortirent chacun par une porte opposée.

***

2.

Du vieux château de la Roche-Cervières, il ne restait plus guère, au sommet de la colline, qu'un entassement de pierres que rendait hirsute une toison vert-sombre. Une porte à demi-écroulée ouvrait sur ce qui avait été l'embase d'une tour. Un sentier pierreux y aboutissait, que Gontran-Eudes aimait autrefois escalader : gamin, pour y dénicher les oiseaux, adolescent, pour se repaître du spectacle de la campagne alentour, pour l'orgueil de se répéter : tout ceci est à moi, à moi Gontran-Eudes Bramafans de la Roche-Cervières !

Le château neuf avait été édifié plus bas, en bordure des bois. Les portraits des ancêtres se poussaient du coude sur les murs lambrissés de la bibliothèque, partout où les rayons encombrés de bouquins laissaient une place libre. Il y avait de quoi être fier : c'étaient des lambeaux d'Histoire de France qui pendaient là, l'histoire, en tous cas, d'un hameau devenu village, puis bourgade, dont on ne finissait pas de se demander qui portait le nom de l'autre, de la famille des barons ou du pays qui leur avait appartenu.

A la Révolution, les ruines de l'ancienne forteresse avaient, comme beaucoup, servi de carrière aux gens du pays, contribuant ainsi à épargner, au moins en partie, la nouvelle demeure qui datait du XVIIe siècle.

Naguère encore, elle grouillait de vie et d'apparent bonheur. L'été, tous les volets s'ouvraient, blancs, striés d'ombres familières dans un fouillis de vigne-vierge, de chèvrefeuille et d'aristoloches.

On voulait bien oublier que, trop fervent royaliste, l'aïeul César-Hugues avait, par un bel après-midi de 93, fini ses jours embroché comme un poulet avant d'être pendu sans façons à la maîtresse branche de l'orme sous lequel s'ébattirent plus tard ses arrière petits-fils, petits-neveux et petits-cousins. Les villageois de La Roche étaient républicains mais, à l'image de Robespierre, incorruptibles. Le château ne fut pas pillé. Lorsqu'après une semaine le baron César se mit à ressembler plus à une bécasse mise à faisander qu'à l'aristocrate qu'il se piquait d'avoir été, on le dépendit, on le mit en bière et, après une messe dite à la chapelle par le nouveau curé assermenté, messe à laquelle tout le pays assista, on l'ensevelit à côté des siens dans le caveau de famille. Respectueusement.

De ces étés de jeunesse, Gontran-Eudes conservait le souvenir d'un tableau un peu impressionniste, un peu pointilliste, où se bousculaient sur un fond de verdure crevé de flaques de lumière un carnaval de pantalons garance et de moustaches cosmétiquées, le casque à plumet et à queue de cheval d'un oncle cuirassier, les troublants « suivez-moi jeune homme » de dentelle des nounous, le jabot et le face-à-main des vieilles dames assises en rond autour de leurs corbeilles à ouvrage, le gilet rayé des valets-de-chambre (la livrée de Julien datait de ce temps-là), les redingotes austères des hommes et les chapeaux peuplés d'oiseaux, de fleurs et de mousselines des jeunes femmes.

Lui-même s'échappait aussitôt le repas achevé, courait rejoindre les garnements du village, presque tous fils de ses fermiers, piratait avec eux jusqu'à ce que la cloche fêlée du château le rappelât pour le dîner. Le grand étang était leur principal pôle d'attraction. En août ils s'y baignaient, avec ou sans caleçons, guettant les filles qui se déshabillaient sur l'autre rive. A l'automne, ils s'embusquaient dans les roseaux, battant de vitesse à la nage les chiens que les chasseurs envoyaient chercher le gibier d'eau. Cela dura jusqu'au jour où l'un des nemrods, ayant vu bouger quelque chose dans les ajoncs, envoya une décharge de plombs dans les fesses de Jérôme, le fils du métayer.

Il semblait à l'époque que rien ne dût jamais modifier ce miraculeux équilibre. Aux yeux de Gontran, tout ce qui l'entourait était solide, inamovible : les murs de la maison, les collines au loin, les formes familières du paysage : ici un bois, là un champ de blé dont seule la couleur variait au gré des saisons. Immuables elles-mêmes les ruines envahies de ronces du vieux donjon où chaque année, à la même époque, fleurissait le même buisson d'églantines. Indestructible la fortune faite de terres, d'arbres, de champs, de chemins et de sentiers, d'eaux tranquilles sous le miroir desquelles grouillait la vie : la puissance en un mot des la Roche-Cervières.

Comment tous ces événements survenus plus tard avaient-ils été possibles ? Confiance ? Aveuglement ? Mais qui aurait pu prévoir en ce temps-là ? Qui ? Et cette débâcle ensuite ? Tout s'en était mêlé : les toits à refaire, les années mauvaises, les prix agricoles en folie, l'incessante guéguerre avec les fermiers et les métayers de plus en plus soutenus par la législation. L'un après l'autre s'en étaient allés les bois, les terres, les vignes. Le domaine s'était ratatiné comme une peau de chagrin, bientôt réduit à la vieille maison aux volets écaillés et aux tuiles disparates, aux quelques bouquets d'arbres derrière lesquels Julien entretenait, de plus en plus difficilement à cause de ses rhumatismes, un bout de jardin potager et un semblant de basse-cour ; tout ce qui restait du prestigieux domaine : les Açores après l'effondrement de l'Atlantide.

Gontran-Eudes avait, de son propre chef, abandonné la mairie lors de la vente des prés de pacage qui, de l'autre côté de la route, prolongeaient la pelouse du château.

Il avait résisté à toutes les sollicitations de ceux qui tentaient de le retenir : « J'ai fait mon temps. A d'autres de se charger de ces responsabilités. C'est bien comme ça, je vous assure, c'est très bien » Au fond de lui se tenait un autre langage : « Si je n'ai pas été foutu de mener mes propres affaires, de quel droit conduirais-je celles d'autrui ? ».

Babolat, qui lui avait succédé, était ce marchand de bois qui lui avait racheté la forêt de Maillecroche, et qui la dévastait. Un boutiquier venu de Grenoble avait construit un chalet au bord de l'étang. Il y louait des cannes à pêche et les gens venaient y tremper la gaule sans permis. En fin de journée on pesait leurs prises qu'ils payaient une fois et demie ce qu'elles valaient chez le marchand.

L'autoroute avait coupé en deux la grande embouche de la Femme-Morte. On entendait, par vent du Sud, le vrombissement soyeux des voitures qu'on arrivait à confondre avec le bourdonnement ininterrompu des abeilles sous les feuillages qui habillaient le château d'une fourrure touffue.

Depuis bien des années la famille, morte ou dispersée,

avait déserté la Roche. Seul Julien était demeuré fidèle à son maître vieillissant, participant au jeu (qui pouvait sembler puéril mais n'était pas dépourvu de panache) qui chaque soir les faisait s'habiller : le baron en frac, le valet en tenue sombre et gants blancs, pour un « grand service » qui perpétuait la tradition autour de plats d'argent chichement garnis d'une très humble chère. La grande aiguière de cristal ne contenait qu'une eau tombée du robinet ou, au mieux, les jours de fêtes carillonnées, une piquette rachetée par le châtelain à l'exploitant de son ancien vignoble.

— Je me demande parfois, Monsieur le baron, si nos vêtements dureront autant que nous.

— Je l'espère, Julien, je l'espère. Si Dieu le veut.

— Dieu ! soupirait le valet. Dieu !

— Eh bien oui, quoi, Dieu ! Vous n'y croyez pas, à Dieu ?

— Si fait, monsieur le baron, si fait, grommelait Julien.

La conviction n'y était pas.

Ces soirs-là, ils se quittaient tôt, mécontents l'un de l'autre, sans se livrer à la partie de jacquet à laquelle Gontran-Eudes faisait parfois à Julien l'honneur de le convier.

Depuis longtemps, par raison un peu, beaucoup par mesure d'économie, le hobereau avait renoncé au tabac. Il lui arrivait encore parfois de caresser sa pipe d'une paume négligente puis de la retourner entre ses doigts avant de la reposer sur le guéridon où elle avait trouvé son havre. Ou encore sa main, tandis qu'il s'absorbait dans la contemplation des flammes qui animaient la cheminée, cherchait à tâtons auprès de lui la tête d'un chien absent. Le dernier, Drakkar, était mort de vieillesse deux ans auparavant et n'avait jamais été remplacé. Son poing se resserrait alors, plus brutalement qu'il n'aurait voulu, ses ongles pénétrant légèrement les chairs : monsieur le baron laissait son mécontentement se traduire par une agitation instinctive de la tête.

— Julien !

— Oui, monsieur le baron ?

— Si Lady Cynthia nous rend notre visite, je veux dire si elle insiste pour cela…

— Lady Cynthia vous l'a dit : elle apportera tout.

— Précisément, Julien : cela ne me plaît pas. Ne pourrions-nous sacrifier une géline ?

— Une géline ! Comme vous y allez, monsieur le baron ! Les poussins sont à peine sortis de l'œuf !

— Je ne vais tout de même pas me laisser entretenir par Cynthia !

— Qui parle de cela ? Elle vous l'a dit clairement : pour elle, c'est un pique-nique ! Elle s'en fait une joie, n'allez pas l'en priver, monsieur le baron !... Maintenant si monsieur le baron n'a plus besoin de moi...

— Non, allez, Julien, allez. Passez une bonne nuit.

Cynthia...

Il avait été amoureux d'elle, comme tout le monde à New-Delhi. Elle formait en ce temps-là avec son mari, le major Malcolm Devereux, un couple éblouissant. La lignée des Devereux remontait à l'invasion de l'Angleterre par Guillaume le Conquérant. Unique héritier du nom et du titre, Sir Malcolm portait l'un et l'autre avec une nonchalance racée qu'agrémentait une courtoisie exclusive de toute familiarité. D'origine moins brillante, Cynthia n'en appartenait pas moins à une famille de petite noblesse dont le patrimoine était promis à la dispersion entre une bonne douzaine de rejetons.

— Je suppose, lui avait dit un jour son mari, de cette voix qui semble ne s'échapper qu'à regret des lèvres des Anglais bien-nés, je suppose qu'à nous deux nous représentons un échantillonnage tout-à-fait satisfaisant de ce que l'élevage britannique est capable de produire en tant que gens de condition.

— J'avoue, mon cher Malcolm, que vous me semblez être un étalon parfaitement convenable. Je ne sais pas bien ce qui me retient, quand je vous vois comme en cet instant, inondé de soleil et les boucles de vos cheveux flottant en plein ciel, de hennir de bonheur.

Le sourire amusé du jeune lord démentit le « tt, tt » de reproche qu'il lui adressa.

Devereux s'était à l'époque fort bien comporté au cours

de deux échauffourées relativement sévères. L'une d'elles (une embuscade qui lui avait permis de sauver son colonel lors d'un engagement rapproché) lui avait valu une élégante cicatrice au visage et la Military Cross. Il était de ceux dont on disait qu'ils ne quitteraient la terre des Indes qu'avec le grade de colonel ou l'Union Jack étalé sur le ventre... à moins que ce ne soit les deux à la fois.

Le baron s'agita. Il n'aimait pas ressasser les souvenirs d'un temps où il avait été un homme totalement différent, l'étranger qui depuis s'était emparé de toute une partie de lui-même comme un locataire indésirable. Un locataire dont les manifestations lui empoisonnaient la vie mais dont il savait que, quoi qu'il advînt, il ne s'en délivrerait jamais.

Gontran-Eudes était accoutumé à ce genre d'intrusions. Il s'arracha de son fauteuil non sans une certaine violence. Il ne retrouvait son calme qu'à travers une agitation sans but, et cela ne réussissait pas toujours. Mal dans sa peau, il entama l'errance familière de pièce en pièce : de la salle à manger trop vaste, cathédrale absurde, inutile et vide, à la bibliothèque où sur les murs ricanaient ses aïeux et dont les rayons, partiellement dégarnis par les ventes successives, le menaçaient de leurs mâchoires édentées.

Il résista à la tentation d'appeler Julien. La présence de Julien... Mais ça aurait changé quoi ? Les regrets, les « remontées d'huile », c'est le soir qu'ils lui venaient, une fois la nuit tombée. De jour, il aurait fallu seller Bellérophon : sa grande ressource, le dernier luxe auquel il n'avait jamais consenti à renoncer. Affectueux vieillard, le cheval avait pour son maître des regards, des « cheek to cheek » (ah, cette joue soyeuse contre la sienne !), des tressaillements complices de vieille maîtresse chez qui, toute complication charnelle dépassée, n'auraient plus survécu que les mystérieux accords d'une âme-sœur.

Julien apparut. Sans avoir été appelé. Gontran-Eudes n'en fut pas surpris : il finissait toujours par apparaître dans ces moments-là, comme s'il avait répondu à quelque avertissement secret.

— Monsieur le baron a-t-il encore besoin de moi ? Dois-je me retirer ?

Le baron apprécia la nuance : « Dois-je ? » et non pas « Puis-je ? ». Dans l'état d'esprit où il se trouvait, de quel secours Julien pouvait-il être ? Il le libéra d'un geste.

— Ne fermez pas la porte d'entrée, Julien, je m'en charge.

Il la poussa, sortit. La nuit venue, le parc avait repris son aspect d'autrefois, le sous-bois son impénétrabilité. Sur l'autoroute, les véhicules se faisaient rares. Le coup de balai rapide des phares, à intervalles irréguliers, n'était pas gênant. Il ne fallait que peu d'imagination pour se croire revenu à l'une de ces nuits d'août d'avant les pesticides, quand une foule de lucioles hachait l'obscurité de ses lasers tourbillonnants.

Il contourna lentement la maison. Le bruit du gravier sous ses pas l'apaisa. Il fut reconnaissant à la hulotte de le saluer au passage de son appel familier, triste et doux. Un soir sans doute viendrait-elle se poser sur sa fenêtre, le fixerait-elle, à travers la vitre où son bec frapperait, de ses grands yeux endormis. Alors l'ancienne croyance lui reviendrait en mémoire : il comprendrait le signal, l'heure aurait sonné et avec l'heure le miracle, le seul vrai miracle : que rien désormais, absolument rien sur cette terre n'eût jamais plus la moindre importance pour lui.

Il ne parvenait pas à fixer son esprit. Un souvenir inattendu lui revint : une chasse qu'il avait suivie autrefois près d'Odhpur. Une photo, qui devait encore traîner au fond de quelque tiroir, le représentait entouré d'une douzaine de compagnons férocement moustachus. Lui-même, fusil à la main, casque colonial en tête, y apparaissait à travers les moisissures jaunâtres dont l'épreuve était tavelée, le pied avantageusement posé sur un tigre assassiné. Pourchassés, cernés, terrorisés, les fauves leur avaient été servis à portée de peloton d'exécution, attendant la mort les babines frémissantes et l'œil hagard, à l'issue d'une traque déshonorante.

Pourquoi, ce jour-là, le sultan n'avait-il pas tiré sur Malcolm ? Leurs deux éléphants se suivaient de si près que par moments le dernier d'entre eux saisissait de la trompe la queue de celui qui le précédait : on pouvait voir Malcolm y brinquebaler dans son baquet en forme de tourelle, le dos offert au sultan qui occupait le second pachyderme. Tout de suite derrière, Gontran-Eudes leur faisait escorte sur une troisième bête. Il les voyait nettement tous deux et ce spectacle le fascinait. Les basses branches des arbres, par moments, leur fouettaient le visage. Le sultan avait mis ses compagnons en garde : « Attention à vos fusils. Tenez-les bien, ne laissez pas le doigt sur la gâchette, ils auraient vite fait de partir tout seuls. Ce ne serait pas la première fois ».

La vallée qu'ils suivaient s'enfonçait comme un fjord dans le ventre de l'Himalaya. La jungle venait y battre de ses flots tourmentés les derniers contreforts de la montagne. Le vieux sultan, père de Muhammad, achevait tranquillement son existence au cœur d'un palais comme on n'en imagine plus, de jardins traversés par des ruisseaux artificiels entourés de buissons qui y retombaient en grappes fleuries. Parmi d'innombrables cages remplies d'oiseaux circulaient des serviteurs trop nombreux et, par groupes, des odalisques désœuvrées. Le jeune Muhammad faisait de son mieux pour cacher au vieillard les craquements révélateurs de l'inexorable agonie des despotismes surannés. Ayant fait ses études en Angleterre et aux États-Unis, il pratiquait une politique subtile qui mêlait habilement un apparent dévouement envers l'occupant britannique avec les gages offerts, aussi bien aux tenants du gandhisme qu'aux musulmans partisans d'Ali Djinnah.

Pour l'instant, tout en se laissant aller au ballottement de sa monture, il ne quittait pas des yeux la nuque, devant lui, de Sir Malcolm. Ce regard, que par moments, au hasard d'un méandre de la piste, Gontran surprenait, flambait de haine.

Oui, vraiment, pourquoi Muhammad, ce jour-là, n'avait-il pas tiré ?

Son fusil posé sur les genoux, il en tenait le fût de la main gauche ; l'index de sa main droite, légèrement arqué, frôlait la gâchette et ce doigt, convulsivement, tremblait.

***

3.

— C'est étrange, dit-elle, très étrange.

Il releva les yeux. Il ne la voyait pas vraiment. A peine la devinait-il dans la lumière insuffisante de l'éclairage électrique. Trop faibles pour raison d'économie, les ampoules s'époumonaient à repousser les ténèbres de la pièce démesurée. Une lueur cuivrée, plaquée sur le visage de Cynthia, se mariait agréablement avec la roseur de son fard. Estompait les rides. Donnait à sa jeunesse retrouvée par la magie d'une pénombre bienveillante le poli mordoré d'une icône rare.

— Je vous dois un aveu, Gontran. Je n'ai jamais démêlé avec exactitude vos sentiments à mon égard. (Elle rit :) Encore moins les miens pour vous. C'est drôle de vous dire ça maintenant, non ?

Gontran-Eudes réprima un léger tremblement qui lui venait aux lèvres, ne sut que bredouiller, à mi-chemin entre l'affirmation et l'interrogation :

— L'amitié ?

— Peut-être l'amitié. Pas seulement cela, vous le savez bien. Pas de l'amour non plus. Bien entendu.

Quel besoin éprouvait-elle de remuer le passé ? Elle chipotait, du bout de sa cuiller, le petit tas de caviar sur le bord de son assiette. Elle n'y avait pratiquement pas touché.

— Mangez, lui avait-elle dit, mangez tranquillement, ne vous occupez pas de moi.

Par contre, il avait dû veiller constamment à remplir la flûte de champagne qu'elle vidait aussitôt en plissant les yeux, puis qu'elle reposait avec un sourire pensif.

Lui-même l'avait-il aimée ? Désirée certainement, mortellement désirée.

— C'est que, poursuivit-elle, vous étiez beau, un peu inachevé comme tous les garçons de votre âge, mais beau. Réellement beau.

— J'avais un bel uniforme.

Elle ne répondit pas directement.

— « Beau », fit-elle songeuse, n'est peut-être pas le terme exact. Vous ne pouviez pas, vous étiez trop jeune. Séduisant sans doute, quoique ce ne soit pas encore le vrai mot. Vous ne devinerez jamais à quel point j'ai pu, à cause de vous, regretter de tant aimer mon mari ! (Son rire éclata une fois de plus, presque indécent, saccageant ce qu'il y avait de feutré dans leur tête-à-tête.) Nous avions beau vivre dans la patrie de la polyandrie ! C'est maintenant que vous êtes beau, Gontran-Eudes. Seulement maintenant.

Il l'observa : elle ne raillait pas. Il répliqua sans amertume aucune :

— Je suis surtout vieux.

— Que devrais-je dire ?

Elle ne lui laissa pas le temps de protester.

— La vraie beauté ne peut venir qu'avec l'âge. Combien n'avons-nous pas connu de ces adolescents disgraciés dont à la longue les traits se modelaient jusqu'à en faire de magnifiques hommes mûrs ? Puis tout se défait. Ce n'est qu'un moment, comme la joie, ou le bonheur : un court, un très court moment. Mais qu'il faut savoir saisir, Gontran-Eudes !

Où voulait-elle en venir ?

Il la connaissait trop bien. Elle ne faisait jamais rien sans viser un but, comme la flèche vise sa cible. Elle lui sourit :

— Savez-vous que j'ai bien failli succomber ? C'est que vous étiez terriblement entreprenant !

Elle n'avait nul besoin de préciser où, ni quand. Pourquoi avaient-ils décidé ce voyage à Lahore, Malcolm et elle, et les avait-il accompagnés ? Quelque mission sans doute (il aurait été bien en peine de dire laquelle) mais que Malcolm, de toutes façons, aurait pu accomplir seul. « Je vais être occupé toute la journée, avait-il expliqué au jeune Français. Cynthia ne connaît pas Amritsar. Vous devriez l'emmener voir ça ».

Ce n'était pas tellement, dans une eau glauque, le reflet fiévreux du temple d'or dont il gardait le souvenir, mais bien celui de l'image de Cynthia, reflétée à l'envers sur un fond couleur de flamme que le mouvement des vaguelettes animait, mais ne dérangeait qu'à peine. Elle tenait les yeux baissés mais, vue ainsi, paraissait l'épier à travers ses cils mi-clos. Elle en était consciente et leurs regards s'accrochèrent : celui de la femme-reflet et celui de l'homme de chair penché par-dessus la balustrade de marbre et que ce mirage fascinait.

— A quoi rêvez-vous donc ? lui avait-elle brusquement demandé d'une voix trouble. Venez, ne restons pas là.

Il ne répondit pas, prit son bras, l'entraîna dans le dédale des ruelles de la capitale Sikh. Au bout d'un moment, elle se dégagea doucement, lui saisit la main et le traîna derrière elle comme auraient fait deux enfants, riant de tout, des cheveux crépus des gamins qu'elle fouillait de ses doigts, de leur rire blanc, de leurs yeux écarquillés de joie, des petits marchands à qui elle lui fit acheter d'écœurantes sucreries aux couleurs fades, qu'ils suçotèrent un moment avant d'en abandonner le surplus à la marmaille qui les assiégeait.

Une fois seulement elle s'arrêta, grave tout-à-coup et comme assombrie : « Est-ce vrai, demanda-t-elle, croyez-vous réellement que, nous partis, ils vont s'entrégorger ? »

Musulmans et Hindous se côtoyaient, paraissant vivre en bonne intelligence. La barbe noire et luisante des Sikhs répondait d'un reflet bleu au flamboiement du ciel. Les mosquées paraissaient calquées sur les temples indiens.

Dans la voiture, sur le chemin du retour, elle se blottit contre lui. Ils restèrent ainsi de bout en bout, comme pétrifiés, complices des cahots qui les jetaient l'un contre l'autre.

Une surprise les attendait à Lahore : le portier de l'hôtel remit une lettre à Cynthia. Elle était de son mari : contraint de rentrer d'urgence à New-Delhi, il lui avait été impossible de les attendre. Une voiture, qu'il leur envoyait, les prendrait à l'hôtel dans la matinée du lendemain.

Ils se regardèrent.

— Ce n'est pas possible, murmura Gontran, il l'a fait exprès, ou quoi ?

Cynthia haussa les épaules. Savait-on jamais avec Malcolm ? Elle croyait bien le connaître, jadis, jusqu'à ce que…

— Pourquoi l'aurait-il fait ? répliqua-t-elle durement. Dans quel but ?

Ils dînèrent ensemble, presque seuls en cette saison de l'année, dans la salle à manger trop vaste où, venu du dehors par les fenêtres ouvertes, un vent poisseux balançait paresseusement les deux pankas suspendus au plafond.

Leur repas terminé, ils se traînèrent jusqu'au bar. Gontran commanda deux Alexandras.

— Je suppose, finit par articuler Cynthia d'une voix moqueuse, que nous devrions nous réjouir de cette... occasion inattendue ?

— Je remarque que vous n'avez pas dit « inespérée ».

— C'est vrai, Gontran-Eudes, je ne l'ai pas dit.

Il se leva.

— Si nous faisions quelques pas dehors ?

Si tard, ce n'était peut-être pas très prudent. Il la rassura : « Nous n'irons pas loin ».

Les tours monstrueuses qui flanquent la porte de la ville semblaient plaquées contre un ciel noir surchargé d'étoiles, plus menaçantes encore que de jour. Elles avaient vu défiler, pour s'y abriter ou les ruiner, les Mongols, Tamerlan, Akbar-le-Grand, Jehangir, Shah Jahan, Aurengzeb, les Sikhs, les Anglais. Elles paraissaient attendre... quelque chose... qui ou quoi ?

En face, des gens dormaient au hasard des jardins qui étalaient leurs plates-bandes fleuries devant la mosquée comme autant de tapis de prières. Seuls ou par groupes, épars comme des cadavres au soir d'une bataille.

Elle frissonna : « Rentrons maintenant, voulez-vous ? »

Elle se blottissait contre lui.

— Vous avez peur ?

Il devina le soulèvement de ses épaules. Elle commença par détourner son visage puis, d'elle-même, lui donna ses lèvres : fraîches, inattendues, avec un goût de source en plein désert.

Pourquoi, ce soir-là, ne lui avait-elle pas cédé ?

Elle l'avait suivi jusque dans sa chambre. Docile, tellement docile ! Indéchiffrable ! Elle s'était dévêtue sans prononcer une seule parole, s'était coulée dans le lit exagérément vaste où il l'avait rejointe. Ce n'est qu'à la toute dernière seconde qu'elle avait fini par se refuser, balbutiant de banales et ridicules excuses. Il insista, furieux de sa propre maladresse. Elle fondit en larmes. Ils se réveillèrent à l'aube, chastement enlacés, comprenant mal ce qui leur était arrivé.

— Pourtant, fit-il d'une voix que l'âge moins qu'une inexplicable mais soudaine émotion faisait chevroter, pourtant… n'est-ce pas une chance que notre amitié ait résisté à tout, aux déceptions, aux souvenirs, au temps ?

Elle ouvrit la bouche, la referma, avala la fumée de sa cigarette et la recracha par les naseaux.

— Adorable dragon, murmura-t-il mezzo-voce.

— Quoi ?

— Rien.

Il se pencha vers elle.

— Après tant d'années, hasarda-t-il presque timidement : vous ne croyez pas que…

— Que ?…

— … que j'ai droit à une explication ? un tout petit semblant d'explication ?

Elle persistait à se taire. Il se dit que c'était sans doute ce silence chez elle, persistant, obstiné en quelque sorte, souvent intraduisible, qui avait été la cause de tout, de cette impénétrable masse d'incompréhension entre eux.

— Cynthia, implora-t-il, seulement une toute petite… et vraisemblable, autant que possible.

Elle semblait réfléchir. Ou bien s'amusait-elle seulement… ou au contraire…

— Si vraiment vous ne voulez rien dire…

Elle finit par capituler :

— Croyez-moi ou non, je ne sais pas. Très sincèrement (pourquoi vous mentirais-je à présent ?) je n'ai jamais su. J'avais décidé d'être à vous. Vraiment. Sans arrière-pensée d'aucune sorte. Quels étaient à ce moment-là mes sentiments envers Malcolm ? J'aurais été incapable de le dire, mais là n'était pas la question : je savais tout à son sujet, et ce que je savais aurait suffi à effacer mes remords si j'avais dû en éprouver. Mais non, rien de tout cela : peut-être seulement une fantastique soif de liberté, comme la noyée qui lutte pour remonter à la surface, et qui ne pense plus à quoi que ce soit d'autre qu'à la grande goulée d'oxygène qui l'attend là-haut, par delà la pâle lueur au-dessus de sa tête. Ne m'en veuillez pas de ce que je vais vous dire : c'était vous parce que vous étiez là. Cela aurait pu être n'importe quel autre. Pourtant j'étais heureuse que ce fût vous. Sincèrement. Le départ inopiné de Malcolm avait-il été prémédité ou non ? Je l'ai toujours ignoré. A supposer qu'il l'eût été, je suis persuadée que lui aussi avait préféré que ce fût vous. Malcolm avait de prodigieuses délicatesses, savez-vous ? Il possédait l'art de deviner mes pensées, mes inclinations secrètes.

— Je suis heureux que vous me comptiez au nombre de vos inclinations secrètes, fit-il, pincé.

— Je m'attendais bien à ce que vous vous fâchiez un peu. Mais c'est vous qui m'avez demandé d'être franche.

— Je n'ai rien oublié de cette nuit-là, poursuivit-elle après un silence. Votre corps le long du mien, sa tiédeur confondue avec la mienne. Un peu fiévreuse, même une tiédeur peut être fiévreuse… Je vous ai repoussé lorsqu'à une ou deux reprises vous avez tenté de vous rapprocher de moi. C'était comme si je me repoussais moi-même. Jamais de ma vie je n'ai aussi démentiellement désiré une chose que, plus je m'en sentais avide, plus j'étais déterminée à la refuser. Ce soir-là, je ne vous raconte pas d'histoires, je vous ai aimé, totalement aimé, Gontran-Eudes. Rien ne me l'interdisait, ni la morale, ni la pensée de Malcolm. Rien ne m'écartait de vous. Mais rien non plus n'aurait pu me plier à vous céder.

Elle prit conscience de la pâleur qui avait envahi son vis-à-vis. Gentiment, avec ce même geste qu'elle avait eu déjà lorsque, quelques jours plus tôt, elle avait reçu sa visite, elle lui saisit les mains par dessus la table.

— Moi aussi, dit-elle doucement, moi aussi je me suis souvent posé la question. Je n'ai trouvé qu'une réponse… sans vraiment savoir si c'était la bonne : j'aurais eu l'air de me venger. A aucun prix je n'aurais voulu « faire ça » par vengeance. Pouvez-vous le comprendre ?

Peut-être devina-t-elle ce qu'il s'apprêtait à lui répondre. Elle ne lui en laissa pas le temps.

— Non, dit-elle très vite, ce n'était pas de l'orgueil non plus. C'était bien autre chose : je ne pouvais pas admettre (ah, ne vous moquez pas, je vous prie, surtout ne vous moquez pas !) je ne pouvais en aucune manière supporter que, réel ou pas, un sentiment bas, ou simplement douteux, vînt ternir ce qui était en train de survenir entre nous.

Elle parut réfléchir puis, portant leurs mains enlacées à son front contre lequel elle les pressa par deux fois, avec force, elle se redressa et, le dévisageant, ajouta d'un petit air courageux et chagrin :

— Vous voyez bien que je vous ai aimé, bien plus que vous ne l'avez jamais soupçonné.

— Mais c'est absurde, gémit-il, absurde ! Parce qu'enfin, plus tard... après...

— Après, vous savez bien ce qui s'est passé.

— Justement !

Elle trancha, presque durement :

— Justement pas ! Après : justement pas !

Il l'entraîna jusque devant la cheminée, où Julien leur apporta le café. Il l'interrogea. Avait-elle eu d'autres nouvelles de Malcolm ? Il lui rappela qu'il l'avait cru mort, que le bruit en avait couru.

Elle sourit, énigmatique.

— Je vais peut-être en avoir !

Il ne marqua pas le coup. Il réfléchissait : tant de choses s'étaient passées depuis, dont il avait eu connaissance ! Le sultan Muhammad avait été détrôné, mais gentiment : on lui avait laissé son palais et ses titres, plus une confortable pension. Il avait dû, sans doute, comme la plupart de ses « confrères », trouver en outre quelque emploi lucratif dans l'administration ou dans l'armée.

— Chaque fois qu'un avion atterrit sur son petit aéroport, il touche une royalty.

Elle précisa n'avoir eu de ses nouvelles que par raccroc, lorsque l'un ou l'autre de ses amis était retourné en Inde où, affirmait-elle, elle n'avait jamais remis les pieds.

Elle prit une cigarette, l'alluma sans se presser au feu de la précédente.

— Peut-être, dit-elle à travers un écran de fumée, peut-être aurai-je bientôt l'occasion de m'y rendre.

Ses yeux riaient, démentant l'immobilité, l'indifférence de son visage.

Il ne demanda pas pourquoi.

— Et la sultane, demanda-t-il. Que devient la sultane ?

— Fawzia ? Comment voulez-vous que je le sache ?

Un long, un très long silence, puis…

— Tout s'est écroulé d'un seul coup, Cynthia.

— Écroulé ? Qu'est-ce qui s'est écroulé ?

— Ce fut tellement brutal, tellement inattendu ! Sur le moment je n'ai rien compris. (Il s'interrompit d'un ricanement sec) : A vrai dire, maintenant encore, je me demande…

— Je me suis bien demandé, moi, pourquoi vous aviez quitté le Sultanat ?

— N'étais-je pas votre ami ? Le vôtre et celui de Malcolm. On m'a fait comprendre que j'avais… tout intérêt… à accepter mon changement. Je ne vous avais pas revue depuis Lahore. Je savais que je ne vous reverrais pas. Pourquoi me serais-je incrusté ?

— Le… le drame… enfin, l'incident, eut lieu le lendemain de notre retour.

— Vous pouvez dire le drame. C'en fut un pour Malcolm, je pense aussi pour vous… et pour moi. Mais Malcolm ? Pourquoi ne s'est-il pas mieux défendu ? Malcolm si pointilleux sur sa respectabilité…

— On ne lui a pas laissé le choix. A vous pas davantage.

— On se croit guéri, soupira Gontran. Je ne sais pas si nous avons bien fait de reparler de tout cela.

Cynthia se leva, fit lentement le tour de la pièce. Elle balançait son interminable fume-cigarettes au bout de ses doigts effilés et sa démarche, un peu chaloupée, paraissait calquée sur celle d'une « star » des années trente.

— Mais vous ? demanda le baron. Qu'êtes-vous devenue ensuite ? Parfois me parvenait un écho, un article de journal. Je devinais Malcolm absent de votre existence.

— Je suis très occupée, vous savez. Gérer les biens des Devereux, ce n'est pas rien. Il a fallu que je m'y mette.

— J'aurais bien dû vous confier les miens, répliqua-t-il. Ironique, mais sans amertume. Je n'en serais peut-être pas où j'en suis.

— Croyez-vous ?

Elle se crut autorisée à le questionner, le fit discrètement, attentive à ne pas le froisser. Il n'avait rien à lui cacher.

— C'est la présence d'une femme qui m'a fait défaut. Seul, je n'ai pas su me défendre. Peut-être ai-je seulement manqué de motivation.

Elle ne lui demanda pas pour quelle raison il ne s'était jamais marié. Il avait dû en avoir plus d'une fois l'occasion. Elle redouta sa réponse.

— J'ai gardé ma maison et mon cheval, dit-il joyeusement. Ce n'est déjà pas si mal !

— Et Julien.

— Oui. Et Julien.

— N'avez-vous pas, près d'ici, une sorte de grande ferme, dans laquelle vous éleviez du bétail ou je ne sais quoi ? J'en ai entendu parler quand j'ai acheté la Ménardière, où vous êtes venu me voir.

— Vous voulez dire Crèveloup ? Je l'oubliais. Je m'en serais volontiers débarrassé, mais personne n'en a voulu : trop de réparations, un accès difficile au milieu des terres. Ce qu'on m'en offrait était tellement ridicule que je l'ai gardé.

Elle s'adossa à la cheminée, se débarrassa de sa cigarette, tripota les perles de son collier.

— Je sais, j'y étais passée, par curiosité. Le coin m'avait plu.

— Vous êtes comme mon cheval. Il m'y conduit souvent, de lui-même.

— Vous me comparez à votre cheval ?

— C'est un compliment.

Elle rit. Puis, reprenant son sérieux :

— Crèveloup ? Crèveloup m'intéresse, dit-elle. Beaucoup.

***

4.

Ils n'en finissaient pas de revenir sur le passé, plus exactement sur les mêmes courts moments de leur passé commun : pour eux à la fois si brefs et cependant combien déterminants !

— Dans le fond, Gontran, nous avons eu beaucoup de chance. Je n'imagine que trop l'opinion qu'à l'époque vous pouviez avoir de moi. Je préfère ignorer (sourire léger) ce que vous en pensez aujourd'hui. Mais j'ai une certitude : si j'étais devenue votre maîtresse cette nuit-là, nous aurions tout gâché.

— Qu'en savez-vous ?

— N'essayez pas de jouer l'attendrissement forcé. Nous retrouvons notre amitié. Nous la retrouvons épurée, préservée des « sentiments de traverse » : jalousie, égoïsme et l'affreux virus de l'instinct de propriété, qui nous auraient interdit le retour à une affection vraie.

La salive amère qui remontait à la bouche de Gontran-Eudes n'existait-elle que dans son imagination ?

— Croyez-vous vraiment ce que vous dites, Cynthia ? Ce serait affreux. Faut-il conclure que la paix de l'âme est conditionnée par l'abdication de la chair… par le détachement, l'impuissance du corps ? Qu'il faille attendre le pourrissement du désir pour apprendre à aimer vraiment ? (Il cessa brutalement de parler, vaguement conscient d'en dire trop, de se laisser entraîner dans un flux de paroles incontrôlé, à la limite inconvenant, poursuivit néanmoins) : Qu'est-ce que l'amour, ou l'amitié, peu importe le nom qu'on lui donne, qui ne serait que ce sentiment plat vidé de toute passion, une mer étale et morne, oublieuse de la beauté des vagues qui l'ont agitée, de la magnificence des tempêtes passées ?

Elle se moqua gentiment : « ma parole, vous devenez lyrique ! », passa volontairement à un autre sujet.

— Quelque chose m'intrigue : vous ne vous ennuyez jamais ?

Il se récria :

— M'ennuyer, moi ? Mais pourquoi, grands dieux ?

— Je ne sais pas. Autrefois vous aviez vos domaines à gérer. Vos journées devaient être remplies.

— J'ai Bellérophon.

— Deux heures par jour. Mais le reste du temps ? Ce n'est tout de même pas la compagnie de Julien ?...

— Vous vous méprenez. La conversation de Julien me passionne. Savez-vous que sa famille a dans le pays une ancienneté comparable à la mienne, plus éloignée peut-être ? Sa mémoire est prodigieuse : il ne se passe pas de journée qu'il ne m'apprenne quelque chose de nouveau concernant le village, ou tel ou tel que j'ai connu, parfois même mes propres aïeux. C'est assez surprenant d'ailleurs, il semble souvent que nos gens (ah ! s'émerveilla-t-elle, comme il a dit cela, comme il a su dire ce « nos gens » avec un mélange de supériorité allant de soi et de tendresse !) sachent sur nos familles beaucoup plus de choses que nous-mêmes ! Ce n'est pas faute cependant d'avoir eu dès l'enfance l'esprit farci de notre « saga ».

Non sans malice, elle lui rappela César-Hugues, le pendu de 93 :

— Vos « gens », comme vous dites, n'ont pas toujours dû vous porter tellement dans leur cœur.

Il balaya l'objection d'un revers de main.

— Pff ! des gamineries ! Ça n'a pas duré. Il faut bien que les hommes se défoulent, de temps en temps.

Il parut réfléchir, le menton encastré dans ses poings réunis. Elle voyait ses yeux briller, un peu gênée par leur fixité. Elle dut faire effort pour ne pas détourner les siens, soutenir le regard qui semblait la défier sans peut-être la voir vraiment. Il se redressa d'un mouvement lent.

— Ne vous y trompez pas : le sort de César-Hugues était enviable. Plus que le mien en tous cas. César-Hugues est mort, ce qui lui serait arrivé de toutes façons un jour ou l'autre, mais ni l'orme de la cour n'y a perdu une branche, ni le domaine un seul arpent. Quel est le vaincu, de César-Hugues ou de moi ?

C'était une façon de voir qui, après tout, en valait une autre. Pourtant, elle insista.

— Vous n'avez ni la télévision, ni même la radio. Je me demande comment vous pouvez vivre, totalement coupé du monde. Je vous ai connu différent, avide de tout, passionné de politique, pas la minable, celle des partis, des comités, de la piétaille qui paie pour se faire tuer, non, l'autre, la grande, la vraie, qui intéresse le sort des nations et de l'humanité tout entière. Et plein d'idées, pas n'importe lesquelles, la « géopolitique », comme vous disiez. Je crois bien que j'étais un peu jalouse de votre « géopolitique ». Savez-vous ce que Malcolm disait de vous ? Ce n'est pas une cervelle qu'il a, ce garçon, c'est un bouillon de culture en pleine fermentation !

Il grogna :

— Je suis abonné au « Figaro », tout de même ! Et à « l'Echo des Dombes » ! Savez-vous qu'il m'arrive d'y écrire un article, presque chaque mois ?

Julien était entré sans bruit.

— Madame la Comtesse ignore. Monsieur en fait plus qu'il ne dit. Monsieur écrit. Il a commencé un livre, un très gros livre : une histoire de la région. Monsieur va même jusqu'à me faire l'honneur, parfois, de solliciter mon opinion. Au fur et à mesure qu'il le compose, monsieur me donne à lire son manuscrit. Je puis dire que c'est très bien, (si toutefois, poursuivit-il avec la modestie qui convenait, mon humble avis peut présenter quelque intérêt).

Gontran-Eudes laissa percer une certaine irritation.

— Julien, gronda-t-il sévèrement, vous dépassez les bornes, Julien !

Le vieux serviteur eut à l'adresse de Cynthia un sourire en coin qu'elle lui retourna, amusée.

— Que monsieur veuille bien me pardonner.

— Je ne fais que ça, crut devoir préciser le baron. (Il désigna la bibliothèque d'un geste large) : Je lis. Je lis beaucoup.

L'Anglaise balaya du regard les rayons dégarnis.

— Vous devez les connaître par cœur.

Décidément, elle l'agaçait.

— J'ai gardé l'essentiel, maugréa-t-il.

Il arrivait que Gontran, au cours des visites de plus en plus fréquentes que lui rendait Lady Cynthia, s'attardât à l'examiner d'un air rêveur. Elle s'y était habituée et ne le questionnait plus sur les raisons de ses silences, se contentant d'attendre qu'il en sortît. Parfois elle ouvrait un livre sans plus s'occuper de lui, feuilletait un peu au hasard, l'esprit ailleurs, ou plus simplement s'enfermait dans ses propres pensées. De temps à autre elle levait les yeux sur lui, laissant involontairement sa bouche et ses paupières prendre un pli amusé et moqueur.

Gontran-Eudes, de son côté, s'interrogeait sur les sentiments que lui inspirait le retour inopiné de Cynthia. De leurs relations à Darjeeling il conservait le souvenir d'un siège conduit par lui avec plus d'opiniâtreté que de réussite contre une étincelante mais inexpugnable forteresse. Sans les événements qui avaient brutalement mis fin à une aussi savante stratégie, la citadelle aurait-elle fini par capituler ? S'il fallait en croire Cynthia, elle était parvenue plus près de la reddition qu'il ne l'avait jamais imaginé. Ne lui avait-elle pas avoué certain jour : « Vous paraissez m'aimer trop pour que je ne vous le rende pas un peu ? » Elle jouait ainsi tour à tour à ranimer ou au contraire à décourager son attente. La « nuit de Lahore » avait mis le comble à la confusion de son esprit. Par un étrange retour des choses, il semblait, à l'issue de tant d'années pendant lesquelles il n'avait rien su d'elle ou si peu, que leurs rapports se fussent inversés. C'était elle maintenant qui, l'ayant retrouvé (« Retrouvé ! » : il n'avait pas bougé de chez lui pendant tout ce temps-là, elle savait où le joindre !) paraissait vouloir l'engluer dans les manifestations d'une amitié sincère peut-être, envahissante certainement, en tous cas étrange. Mais le moyen de résister à de telles démonstrations d'affection ? Comment, sans ingratitude, laisser percer le secret agacement qu'il lui arrivait d'éprouver ?

Le charme trop réel de Cynthia n'empêchait pas Gontran de soumettre l'attitude de son amie à une analyse aussi clairvoyante que critique. Or cette analyse même, par quelque côté qu'il s'y attaquât, le conduisait à conclure à la sincérité (sinon à l'innocence) de la jeune femme. Quel intérêt aurait pu la pousser à feindre des sentiments qu'elle n'éprouverait pas ? Elle était aussi riche que lui était pauvre, aussi encombrée de relations qu'il en était démuni. Une fois cependant elle avait laissé échapper une sorte d'aveu : « Vous ne sauriez croire à quel point je suis seule ! » Il s'était récrié. Elle insista : Ils m'entourent, je les vois, je leur parle, ils me répondent. Mais leur babillage m'assourdit. Je suis en face d'eux comme enfermée dans une cage de Faraday : le courant passe à l'extérieur, il ne m'atteint pas.

ILS !

— Que suis-je donc, demanda-t-il, que puis-je, moi, vous apporter ? Que cherchez-vous à travers moi ?

Elle ne parut d'abord pas l'entendre. Puis elle répondit par un ricanement intraduisible :

— Rien, c'est vrai, vous ne m'apportez rien !

Elle se leva, lui prit les mains, le fixa d'un œil amusé : « Mais vous au moins je vous aime bien ! » Que répondre à cela ? (plus troublé qu'il ne l'eût admis). Elle ajouta encore avant de lui lâcher les mains : C'est vrai, Gontran, c'est pourtant vrai, savez-vous ? Je vous aime bien, c'est aussi simple que cela !

Un jour que le vent, en agitant les branches de l'orme, jetait sur la terrasse où ils étaient réunis une dentelle tourbillonnante de soleil en flaques et d'ombres bleues, elle se leva brusquement, lui saisit les bras, le tira hors de son fauteuil :

— Nous sommes deux paresseux. Venez !

— Où me conduisez-vous ?

— J'aimerais que vous me fassiez visiter Crèveloup.

Ce fut une longue et délicieuse promenade.

— Vous souvenez-vous, lui demanda-t-elle, des romans de monsieur Boylesve ? Ils faisaient les délices de nos parents. Le brave homme écrivait des choses qui avaient pour titre : « Le parfum des Îles Borromées » ou encore, si ma mémoire est bonne : « La leçon d'amour dans un parc ». On y voyait des dames tout en points de Venise et en ombrelles froufroutantes s'y protéger d'un soleil qui eût risqué de gâter leur teint d'abricot. Des messieurs incroyablement sentimentaux les escortaient qui, abrités sous leurs canotiers enrubannés de moire gorge-de-pigeon et derrière leur moustache cosmétiquée leur faisaient une cour pressante et angoissée. Tout cela est bien ridicule aujourd'hui et monsieur Boylesve, tout immortel qu'on l'eût fait, irrémédiablement oublié. Peut-être est-ce dommage, à un certain point de vue.

La campagne autour d'eux paraissait avoir été découpée dans une toile de Renoir : une fantastique éclaboussure de couleurs éparpillées à la diable par un pinceau un peu ivre, que des bouffées tièdes faisaient valser comme des bactéries dans une goutte d'eau.

— Voilà, dit Gontran, nous y sommes.

Autour de Crèveloup la nature avait repris ses droits depuis belle lurette. Autour, et dans Crèveloup : un sycomore (cette sale race : ça se sème, ça repousse de partout, ça s'accroche au sol avec des griffes de sorcière, essayez un peu de les arracher au bout d'une année !), un de ces arbres avait réussi à pousser à l'intérieur du bâtiment, crevé le toit, dispersé les tuiles, brisé le lattis. Il hissait au-dessus des murs une tête broussailleuse d'homme des bois, avait l'air d'inspecter le voisinage en branlant du chef. Pourtant on reconnaissait le tracé des allées au milieu desquelles, faisant éclater le revêtement, des « queues de rats » annelées et hérissées de crins verts, rampaient.

Intacte, la porte était entr'ouverte. Ils la poussèrent.

— Hum ! ronchonnait Cynthia en tâtant du pied les gravats avant de hasarder chaque nouveau pas : « Je vais y laisser mes talons, c'est sûr ». Elle se reprochait de ne pas avoir pris la précaution de changer de chaussures : à quoi s'était-elle donc attendue ?

Au pied de l'arbre, des touffes de broussailles soulevaient les dalles. Des plaques de boue séchée marquaient au sol l'emplacement des trous dont la toiture était crevée. Audessous le plancher pourrissait, mais la maison elle-même ne paraissait pas avoir exagérément souffert de son abandon.

— Vous voyez, dit Gontran-Eudes, elle fait comme moi : elle se délabre. Elle essaie de tenir le coup sans trop y croire. Question de temps… et d'habitude.

Cynthia se retourna vers lui, furibonde tout d'un coup :

— Je vous en prie, Gontran-Eudes. Si c'est pour qu'on vous plaigne que vous passez votre temps à gémir, c'est indigne de vous. Je vous ai connu autre !

Elle ajouta, dans une sorte d'aboiement :

— Au fait, quel âge avez-vous donc ?

— Quoi ? balbutia-t-il, que… ?

— Quoi ? que ? Je vous demande votre âge. Qu'est-ce que ça a d'extraordinaire ? Vous n'êtes pas une femme pour cacher votre date de naissance ?

— Je vais sur mes septante, avoua-t-il, penaud. Retrouvant d'instinct l'ancienne façon paysanne d'énoncer les chiffres.

— Ce n'est pas une réponse. Combien… exactement ?

— Soixante-huit. Passés, précisa-t-il.

— Et alors ? Soixante-huit ! c'est la jeunesse ! C'est *vous* qui vous « faites » vieux ! Vous n'êtes pas vieux, Gontran, vous êtes lâche : vous abdiquez. Comme ça… tout seul, sans que personne vous y pousse : vous vous penchez sur le vide, stupidement, jusqu'à y tomber ! (Elle répéta, le front buté) : Stupidement !

Elle fit encore quelques pas, trébucha sur un monceau de tuiles brisées, dit « merde ». Posément, sans aigreur. Gontran n'eut pas l'air d'entendre. Elle s'adressa pourtant à lui d'un ton de reproche : « Hé bien quoi, c'est dans le dictionnaire ! »

— Je n'ai rien dit.

— Il n'aurait plus manqué que ça !

Il se demandait quelle mouche avait bien pu la piquer. Elle n'était pas à saisir avec des pincettes. Ça lui avait pris tout d'un coup, en pénétrant dans la maison en ruines. Jusqu'alors, elle s'était montrée enjouée, charmante.

— Moi, cria-t-elle tout d'un coup, ça ne me gêne pas de dire mon âge ! Cinquante-neuf ans, vous le saviez ?

Il se crut obligé de répondre, bredouilla :

— Pas… non, pas exactement.

— Bon, grogna-t-elle, je vous dispense de me dire qu'on ne me les donnerait pas !

Il se crut tenu de livrer bataille :

— Une femme aujourd'hui, à cinquante ans…

— Cin-quan-te-neuf ! vous écoutez ce qu'on vous dit ? Neuf ans, à partir du demi-siècle, ça compte, non ?

Du coup, il se fâcha :

— Enfin, Cynthia, bon Dieu ! il y a des miroirs chez vous ! Regardez-vous : on dirait une jeune fille !

La colère de l'Anglaise retomba. Elle fit la moue.

— Je ne mets jamais de lumière trop près des glaces, dit-elle.

Ils ressortirent. Elle demanda si la cheminée fonctionnait.

— Je pense. Nous y faisions du feu autrefois. On y cuisait des pommes de terre sous la braise.

Ils allèrent s'asseoir un peu à l'écart, sur un tronc renversé. Il s'inquiéta pour elle du risque qu'elle courait de tacher sa jupe claire. Elle saisit une pincée de mousse qu'elle éparpilla entre ses doigts.

— Je ne risque rien : elle est sèche depuis longtemps.

— Ce n'est pas tellement la mousse. Il peut rester des graines.

— Il en reste toujours. Elles ne demandent qu'à revivre. Rappelez-vous le blé des Egyptiens.

Il eut un drôle de toussotement, qui fit froncer les sourcils de sa compagne.

— Que voulez-vous prouver par là ? demanda-t-il. Ça ne démontre rien, ni que le temps est élastique (celui du moins qui nous est imparti), ni qu'il soit sans importance.

Qu'allait-il chercher ? Elle protesta qu'elle n'avait rien dit de tel, ajouta pourtant que quelques années de plus ou de moins dans la vie d'un être humain ne représentaient pas grand chose en regard de l'âge du monde.

Il ne releva pas la banalité du propos.

— Peut-être, se contenta-t-il de répliquer, mais quelques minutes de plus ou de moins dans la vie d'un éphémère ont la même valeur que plusieurs années chez nous. C'est une question d'échelle.

— Avec cette différence que les éphémères naissent le soir et meurent le matin. Mais tous ensemble. Avez-vous réfléchi à cela : que tous les éphémères ont le même âge, tous en même temps ?

Il devint songeur :

— Si ça nous arrivait, finit-il par dire, ça nous compliquerait bien la vie. A moins, se reprit-il, à moins que vous n'ayez raison, et qu'en fin de compte ça ne la simplifie.

— Je ne sais pas, répondit-elle gravement. Adultes tous à la fois ? Jamais un babil d'enfant ?

— Cela ne nous manquerait pas : nous ne saurions pas ce que c'est. Le monde est plein de merveilles dont nous n'avons pas la moindre idée et qui ne provoquent en nous ni désir ni regrets.

Elle arracha d'un geste un peu trop vif un morceau d'écorce qu'elle jeta. Puis elle porta son doigt à sa bouche :

— Je me suis écorchée.

Il s'inquiéta : « Non, dit-elle, ce n'est rien, mais comme vous êtes prévenant ! »

Il haussa les épaules, un peu décontenancé.

— Écoutez-moi, Gontran. C'est d'enfants justement que j'aimerais vous entretenir. Vous ne faites rien de Crèveloup.

Il balaya de la main, sans répondre, l'ensemble des bâtiments et des bois, sourit avec un peu de tristesse :

— Je n'ai pas d'héritiers non plus à qui le laisser, si c'est ce que vous voulez dire.

Elle secoua la tête et il admira les lames d'or vert que les flèches du soleil, à travers les branchages, faisaient naître dans les ondulations de sa chevelure.

— Vous ne me comprenez pas.

Il la contemplait avec émerveillement. Cinquante-neuf ans, Cynthia ? Elle se moquait de lui !

— J'ai, dit-elle, une proposition à vous faire. Crèveloup me plaît : je vous l'achète, ou je vous le loue, à votre choix. Au prix que vous voudrez.

— Cette ruine ? Vous perdez la raison, Cynthia ! Mais pour quoi faire ?

— Pour cela, justement : je veux y mettre des enfants.

***

5

— Julien ! appela Gontran. Julien !

Le majordome parut se désincruster du mur.

— Monsieur semble bien gai !

Le baron pirouetta sur lui-même, un bras en l'air, la main harmonieusement courbée, esquissa un entrechat.

— Je le suis, Julien, je le suis ! Vous allez l'être aussi ! Savez-vous ce qui nous arrive ? Demain nous allons, vous et moi, descendre en ville. Et pour faire quoi ? Pour faire quoi, Julien ? Allons, dites-le !

— Mais, monsieur le baron…

— Voilà ! Je savais que je vous épaterais ! Depuis combien d'années ne m'avez-vous pas appelé « monsieur le baron », Julien ?

— Monsieur me fait languir. Pourquoi monsieur désire-t-il que nous allions en ville ? Monsieur a-t-il bien réfléchi que demain est jour de foire ? Il va y avoir un monde fou, une bousculade sans nom !

Gontran se rembrunit.

— Je n'y avais pas pensé ! Mais tant pis ! nous irons en fin d'après-midi. Les paysans repartent de bonne heure.

— Mais comment, monsieur ? Il n'y aura plus de car. Je… je ne suppose tout de même pas que monsieur envisage de se rendre en ville à cheval ! Et moi, monsieur, j'irai comment ?

— Ni à cheval, ni en car, Julien. Vous demanderez à Chatard de passer nous prendre.

Chatard ! c'était l'unique taxi du pays. La consternation se lut sur le visage du domestique.

— Monsieur le baron imagine-t-il ce que Chatard va nous coûter ? Surtout si on lui demande d'attendre pour nous remonter !

— Chatard nous attendra, Julien. Parce que nous serons encombrés. Vous et moi. Tenez-vous bien, mon garçon !

Savez-vous dans quel but Chatard nous conduira en ville demain ? Et nous ramènera ? Après nous avoir attendus ? Eh bien je vais vous le dire : parce que nous allons, vous et moi, renouveler notre garde-robe ! Asseyez-vous, Julien, je vous le permets : vous êtes tout défait ! Remettez-vous, mon vieux !

Julien ne se le fit pas dire deux fois.

— Monsieur voudra-t-il m'expliquer ? gémit-il du fond du fauteuil où il s'était affalé.

Le baron frotta ses mains nerveusement, les présenta d'un geste machinal au feu absent de la cheminée.

— Eh bien voilà : tenez-vous bien, Julien, tenez-vous bien ! J'ai-ven-du-Crè-ve-loup !

Julien sursauta.

— Oh, monsieur, quel dommage !

— Attendez, Julien. Attendez que je vous explique : savez-vous à qui ?

— A Lady Devereux, je suppose ?

— Comment avez-vous deviné ?

Gêné, Julien se tortillait sur son siège.

— Oui ? demanda Gontran, inquiet.

— Je... je ne sais pas si je dois... (il parut attendre un geste d'encouragement qui ne vint pas, se risqua à poursuivre) : Monsieur le baron ne craint-il pas que Lady Cynthia ait voulu lui faire... une sorte de charité ?

Gontran-Eudes poussa un rugissement.

— Que monsieur me pardonne, gémit le malheureux. Que monsieur me pardonne !

— Cynthia ne fait pas une mauvaise affaire non plus. Vous la connaissez, Julien ? C'est un être sensible sur qui Crèveloup, dès leur première rencontre, a exercé une manière de charme. « Charme », je le précise, dans le sens où on l'entendait au Moyen-Age. D'envoûtement, si vous préférez. Mais il y a plus. (Ah ! soupira-t-il, quelle femme merveilleuse elle est ! Elle et Malcolm se sont passionnément aimés, Julien. Passionnément ! Mais vraiment, il n'était pas fait pour elle !) Bon, où en étais-je ?

— Monsieur disait : « il y a plus »...

— Ah oui ! Savez-vous à qui s'intéresse lady Cynthia, elle que nous croyions si... inoccupée ?

— Je suppose qu'elle a fort à faire de gérer ses intérêts.

— Sans doute, mais ça lui laisse des loisirs. Eh bien elle me l'a avoué, justement, là-bas, à Crèveloup ! Il paraît qu'elle s'occupe d'enfants. De pauvres gosses qui ont tout perdu. Des orphelins comme on en fabrique à la chaîne, dans tous les coins du monde, des petits noirs, des petits jaunes, même des petits blancs : il paraît qu'il y en a aussi, beaucoup. Elle a monté pour cela une sorte de société. Jusqu'à présent (c'était assez compliqué, semble-t-il), ces bienfaiteurs dont elle est la tête pensante, et je le suppose, aussi un peu la bourse ouverte, ont agi du mieux qu'ils ont pu, organisant des transferts, recherchant des parents adoptifs, je ne sais quoi encore. Elle veut faire plus et mieux. A ces enfants perdus elle a décidé d'offrir un toit. « Je sais bien, m'a-t-elle dit, qu'ils ne seront là qu'en transit. Du moins pourrons-nous les soigner, leur rapprendre à vivre, leur redonner la santé ». N'est-ce pas magnifique, Julien ?

— Certes, monsieur le baron. Ainsi donc, Crèveloup est vendu ?

— Vendu, oui, bien sûr, vendu. Enfin, si vous voulez... pas tout-à-fait exactement vendu.

— Loué alors ?

— Ni vraiment loué. Lady Cynthia est fantastique, Julien. Elle m'a proposé une solution étonnante : elle achète Crèveloup. Un prix... inattendu, d'autant plus que (je ne le lui avais pas caché), je n'avais jamais réussi à trouver d'acquéreur. Elle se charge de tout, des réparations, de la remise à neuf. Elle a des idées merveilleuses, je vous expliquerai. Mais ce n'est pas ça le plus étonnant : le contrat comporte une clause selon laquelle Crèveloup doit me revenir, soit qu'elle vienne à décéder avant moi, ce qui est invraisemblable je vous l'accorde, soit qu'elle n'en ait plus l'usage d'ici quelques années.

— C'est assez extraordinaire, en effet, concéda Julien, mal convaincu.

— Il y a mieux : Crèveloup reste à mon nom tant qu'elle ne m'aura pas payé intégralement.

— Il faut que lady Devereux soit vraiment très riche pour se montrer généreuse à ce point.

— Elle l'est, Julien. Lorsqu'il est... disons « parti »,

Sir Malcolm lui a laissé l'entière disposition de sa fortune, qui était et doit encore être considérable.

— Monsieur me pardonnera. Mais si lady Devereux et son mari s'entendaient si bien, pourquoi se sont-ils quittés ?

— Ceci, Julien, est une histoire très triste que je vous conterai quelque jour. Lady Cynthia n'aime guère qu'on y fasse allusion, et je me sens tenu à la discrétion, même si elle ne me l'a jamais demandée.

Les travaux, à Crèveloup, furent menés rondement. Cynthia venait chaque jour en surveiller l'avancement. Elle avait pour son ami des attentions touchantes : profitant de ce qu'on refaisait le toit de la vieille bergerie, elle fit livrer des tuiles et remettre en état ceux de la Roche-Cervières, qui en avaient le plus urgent besoin. Les obstacles paraissaient se volatiliser devant elle. Certains riverains firent des difficultés pour consentir à la création du bout de route qui devait désenclaver Crèveloup. Elle apaisa d'un mot les inquiétudes de Gontran-Eudes : « Laissez-moi faire, je vais arranger cela ». Quinze jours plus tard, elle avait toutes les autorisations. Les travaux de voirie commencèrent aussitôt. Gontran se rappela comment il avait échoué, autrefois, devant le même problème. Il voulut savoir comment elle s'y était prise. Elle fit entendre un hennissement très doux : « Ne cherchez pas, c'est mon secret ».

Il n'insista pas mais, ayant quelques jours plus tard rencontré au tournant d'un chemin le marchand de bois qui avait été le plus déterminé de ses opposants, celui-ci lui avait déclaré, mi-figue, mi-raisin :

— Dites moi, mon cher, votre charmante amie semble avoir le bras long ! Et savoir ce qu'elle veut !

Un matin, alors qu'il lisait le journal en sirotant un verre de Xérès (gourmandise oubliée que ses nouvelles ressources lui permettaient de nouveau), Julien entra comme une bombe dans le petit salon. Un peu haletant, il balbutia : « Monsieur ! Monsieur ! »

Gontran se retourna.

— Qu'y a-t-il, Julien ? Je ne crois pas avoir entendu frapper.

— C'est que, monsieur, je ne sais pas si j'ai vraiment frappé. Il y a, monsieur, il y a... qu'on livre un cheval pour monsieur. Monsieur ne m'avait pas dit qu'il avait commandé un cheval !

— Un quoi ? Un cheval ? Pour moi ? Vous avez la berlue !

— Il est là, monsieur. J'assure monsieur qu'il est là, devant la porte. Si monsieur veut bien venir voir...

C'était une magnifique jument alezane. On venait de la faire sortir du van. Un lad lui tenait les rênes, tout près du mors, l'empêchant de trop secouer sa belle tête fine. Les yeux, inquiets et mobiles, semblaient implorer qu'on la rassurât. De longs frissons couraient le long de sa robe. Ses pattes, légèrement tremblantes, frémissaient de l'envie de piaffer.

Gontran n'eut pas le temps de poser des questions : le chauffeur de la camionnette lui tendit un pli qu'il ouvrit aussitôt. C'était un mot de Cynthia :

« Cette jeune personne s'appelle Arabella. Je souhaite qu'elle adoucisse un peu la solitude de Bellérophon, sans trop bouleverser ses habitudes de vieux garçon. Vous me pardonnerez de ne pas vous avoir prévenu, mais je me suis entichée d'elle de la manière la plus fortuite. Voulez-vous avoir la gentillesse de la prendre en pension. Le lad qui vous la présentera est d'accord pour s'occuper d'elle. Et de Bellérophon par la même occasion : sous les ordres de Julien, cela va de soi. Ainsi pourrons-nous nous rendre ensemble à Crèveloup d'une manière plus agréable et en profiter pour que vous me fassiez mieux connaître votre cher pays. Je n'éprouve qu'une (légère) appréhension : dites-moi vite que tant d'envahissements féminins de votre Thébaïde ne vous rebutent pas trop ! »

— C'est de madame Cynthia, n'est-ce pas ? murmura Julien d'un ton résigné.

Gontran-Eudes lui tendit la lettre.

— Tenez, Julien, lisez. Je vous y autorise.

Dès lors, les choses allèrent très vite. Chaque jour ou presque, en fin de matinée, Cynthia arrêtait sa voiture (une

MG décapotable qui avait pris sans vergogne la place de la Rolls trop encombrante et de ce fait reléguée au garage, au « box » comme elle disait, en cavalière-née) devant le perron de la Roche-Cervières. Gontran l'y guettait.

Il était toujours très en avance pour l'attendre, tout harnaché en leggins, veston pied-de-poule cintré, cravache dont il se fustigeait nerveusement les mollets en marchant de la table au buffet, du buffet à la fenêtre, prenant et reposant sa « bombe », s'asseyant pour se relever aussitôt, consultant à tout bout de champ la vieille pendule tiquetaquante et asthmatique.

Le bruit de moteur qui finissait par troubler le calme perlé de rosée du matin le faisait sursauter. Il tendait l'oreille, l'écoutait enfler. Un coup de frein (ah ! ce « coup de patin » qu'il aurait reconnu entre mille !) meurtrissait le sol. Une portière claquait.

— Je suis encore en retard ?

— Mais non, voyons !

— Bien. Alors venez.

Elle lui prenait le bras d'autorité, l'entraînait, lui faisait bientôt prendre à la course, « sur les chapeaux de roues », comme il disait en riant, le virage au coin de la maison, s'arrêtait pour le regarder, le repoussait, reculait d'un pas, passait la revue de détail :

— Ça ne fait rien, avouez : vous avez une autre allure avec ce costume ! (Il lui était arrivé d'ajouter : « Si je ne m'en étais pas mêlée ! »)

Le choix que Julien et lui avaient fait tout d'abord d'une nouvelle garde-robe ne lui avait pas plu du tout.

— Julien, bon, lui avait-elle reproché, passe encore, mais VOUS, Gontran, qui étiez autrefois un vrai Brummel !

— Autrefois ! répéta-t-il, en appuyant sur le mot.

— Quel susceptible vous faites ! Bon, je retire « autrefois ». Il fallait dire quoi ? « Jadis » ? Pas « hier » tout de même !

Elle avait elle-même replié le costume, reficelé le carton.

— Vous n'allez pas le rendre ? gémit Gontran, pour qui l'essayage avait été une insoutenable corvée.

— Ne vous inquiétez pas, je sais à qui le donner. Il

ferait le bonheur d'un tas de gens, mais ni le vôtre, ni, ajouta-t-elle en fronçant le nez, ni le mien.

Ils y passèrent une journée entière. Gontran avait horreur des magasins, des aller et retour d'une vitrine à l'autre : trois pas en avant ; stop-remords ; retour en arrière ; redémarrage... cabine d'essayage, quitter le pantalon, éjecter les chaussures, les remettre : « Tournez-vous, Gontran ».

Faites voir... de dos ? Bon. Voyons, mademoiselle, vous voyez bien que ça fait un pli, pas ici : là ! D'accord, faites-moi rectifier cela. Vous n'avez rien de plus clair, de plus gai, un prince de Galles, par exemple ? Oui, faites voir : celui-ci. Gontran, mon ami, tenez-vous droit, comment voulez-vous que je sache si le pantalon tombe bien ? Là, vous voyez, il est encore trop long d'un bon centimètre ! Mademoiselle, ce pantalon est encore trop long !

Le supplice ne prit fin qu'à la nuit tombée, mais le résultat était à la hauteur des souffrances endurées.

— Enfin regardez-vous ! vous avez rajeuni de vingt ans !

Le surlendemain, Gontran fit venir Julien, dont un gilet rayé, jaune et noir, en lui donnant une élégance de guêpe, avait remplacé l'habit, vert de moisissure :

— Julien, prononça le baron avec effort, je crois, mon bon Julien, que désormais nous ne nous habillerons plus pour le repas du soir.

La promenade à cheval, entre la Roche-Cervières et Crèveloup, était, à deux, un enchantement. L'itinéraire qu'ils empruntaient (un chemin des écoliers qui musardait longuement, allongeant le trajet de cinq à six fois la distance normale) faisait la couleuvre, tantôt à travers bois, tantôt au milieu des champs ou le long de l'étang dont ils avaient fini par connaître chaque habitant : minuscules bulles argentées semant de flèches zigzaguantes la trajectoire des dytiques ; floc des grenouilles sautant de leur plongeoir de nénuphars ; fausse indifférence du héron, dont seule une imperceptible torsion du cou trahissait la mise en éveil ; éclair roux ou noir d'un écureuil voltigeant de branche en branche ; ou encore parfois, embusqué sous une haie, riant de toutes ses dents, le museau triangulaire d'un renard plastronné de blanc.

Sous bois, le sentier se resserrait, pas assez cependant pour les contraindre à la file indienne. Les croupes des deux bêtes se touchaient ; Gontran sentait contre sa jambe la pression chaude et ferme de celle de Cynthia.

Les bulldozers se retirèrent en ferraillant, les grues se replièrent comme des jouets d'enfants, un bitume noir fit à la route une peau toute neuve. Après quoi commença le va-et-vient des aménageurs. Chaque lit, chaque meuble, chaque instrument, trouvant sans difficulté son emplacement, vint s'inscrire avec précision dans le puzzle imaginé par Cynthia.

— Où avez-vous appris cet art de l'organisation ? demanda-t-il, éberlué.

Elle répondit sans se retourner, avec une rudesse de ton qui le surprit :

— C'est inné.

Vint le jour de l'inauguration.

Il fit d'abord quelques manières à cause de la foule dont, prétendait-il, il avait perdu l'habitude, mais finit par accepter de venir, s'attendant à une de ces « garden-parties » très britanniques s'étirant mélancoliquement au fil des heures, comme au ralenti, sous un soleil anémié. Sans qu'il voulût se l'avouer, la vraie raison de sa réticence était ailleurs. Il appréhendait de voir Cynthia évoluer au milieu d'étrangers qui ne l'étaient que pour lui, mais qui étaient les amis, les familiers de l'Anglaise. La voir « à d'autres », le négligeant, ou à tout le moins le reléguant jusqu'à n'être qu'un parmi tous ceux auxquels il allait, il le savait d'avance, se comparer : en chacun de qui déjà il voyait l'intrus, le rival, l'ennemi.

Ce fut une bousculade. Les personnages les plus en vue du département, préfet, maires, députés, sénateurs, industriels, un ministre même, sans compter une poignée de gentlemen-farmers qu'il avait peu ou prou fréquentés autrefois et qui avaient su, eux, conserver, voire agrandir leurs terres. Tout un monde gras, bien vêtu, le verre de scotch solidement emboîté dans la main droite, une tartine de caviar dans l'autre, se plaignant du malheur des temps.

— Ah, Gontran, mon cher, lui dit l'un d'eux, qui avait transformé en embouches ses terres à blé, y avait construit un abattoir, une usine de salaisons et une fabrique de quenelles, si tu savais comme tu as raison de tout vendre ! Toi, au moins, tu n'as plus de soucis de ce côté-là !

Il tenta de se retirer à deux reprises, mais Cynthia le retint. « Non, attendez, vous ne pouvez pas ! D'ailleurs, j'aurai besoin de vous, après ».

Il n'osa pas lui demander pourquoi, se résigna à rester, partagé entre des sentiments contradictoires. Il finit par échouer sur un angle de canapé, ne se lassant pas de la voir évoluer, élégante et racée, à l'aise partout et avec tous ; veillant à ce que rien ne cloche, aiguillant d'un geste imperceptible de la main, d'un regard, les serveurs vers le coin du buffet qui se dégarnissait, vers le groupe d'invités qui bavardaient un verre vide à la main. Une fois, passant près de lui, elle lui jeta : « Ça va ? ». Il fit celui qui n'entendait pas. Il se demanda longtemps si l'expression qu'elle avait eue avait vraiment passé, aussi rapidement, d'une dureté qu'il lui voyait pour la première fois à une douceur aussi souriante qu'inespérée.

Définitivement maté, il attendit sagement le départ des derniers invités, enfin rejetés aux ténèbres extérieures. Déjà les serveurs s'activaient à récupérer les verres vides, les cendriers débordant de mégots. Ils plièrent les nappes, secouèrent les miettes par terre. « Vous inquiétez pas, on donnera un coup d'aspirateur ». Discret mais efficace, Stephen allait et venait, utile, précis. Il s'approcha de Gontran. « Encore un petit scotch avant de partir ? ». Le Français n'eut pas le temps de s'étonner du ton direct, de l'absence de troisième personne. D'autorité, Stephen cala un verre plein dans sa main : « J'ai mis deux glaçons, ça ira ? »

Il n'attendit pas la réponse, précisa : « Madame vient tout de suite ».

— Ouf ! soupira-t-elle en se laissant tomber sur une chaise à côté de Gontran.

Un personnage assez falot, mais dont la barbiche noire, en pointe, contrastait indécemment avec le vêtement trop clair bariolé de fines rayures multicolores, se tenait debout auprès d'elle. Ses paupières, embusquées derrière des lunettes de myope épaisses comme des culs de bouteilles, clignotaient sans arrêt, découvrant par intermittence les billes d'anthracite qui lui tenaient lieu de prunelles.

— Que je vous présente, dit Cynthia.

— J'ai déjà aperçu monsieur le baron, crachota l'homme.

— Boris de Prandières. Il s'occupe de mes affaires depuis… depuis combien de temps, au fait, Boris ?

— Oh ! milady, très, très longtemps !

Elle lui intima l'ordre de s'asseoir : « Ne vous dandinez pas comme ça, vous me flanquez le tournis. Expliquez au baron ce que nous avons mis au point, et tâchez d'être clair ».

Il se racla la gorge.

— Pour un tas de raisons, fiscales et autres, que je vous expliquerai en détail si vous le souhaitez, milady a décidé de ne pas conserver à son seul nom l'exploitation de Crève-loup, ce qui nous a conduits à mettre sur pied une société par actions. Comme l'intention de milady n'est pas de faire des bénéfices, nous avons d'abord songé à une association du type loi de 1901, mais les capitaux mis en jeu sont, finalement, trop importants pour cela.

Cynthia lui coupa la parole.

— Je ne crois pas que ces détails passionnent le baron. Vous permettez que je résume, Gontran ? Voilà : je vous ai déjà expliqué comment et pourquoi je souhaitais que Crève-loup vous revienne le jour où, pour une raison ou pour une autre, nous serons amenés à mettre fin à l'activité que nous allons y exercer. Boris m'a fait remarquer qu'il n'était guère facile de mettre cela noir sur blanc. Aussi a-t-il proposé une autre solution : je garderais pour moi une part minoritaire de la Société dont il vient de vous parler. Quelques actions seraient réparties à des amis judicieusement choisis, mais la majorité d'entre elles seraient mises à votre nom, de telle sorte que vous en resteriez pratiquement propriétaire.

Le baron fronça les sourcils.

— Cynthia, se récria-t-il, ce n'est pas sérieux ! Vous m'achetez mon domaine, vous me donnez de l'argent et, en quelque sorte, vous me le rendez, du moins dans sa majeure partie ! Ou bien vous voulez me faire la charité et en ce cas nous brisons là sans plus tarder, ou il y a autre chose et je veux savoir quoi.

Stephen s'approcha, retira le verre des mains de Gontran, se prépara à le remplir. Le baron le reprit d'un geste sec. Cynthia semblait s'amuser.

— Allons, fit-elle, allons !

Apaisante.

Ayant à son tour cueilli le verre vide du baron, elle le tendit au valet de chambre :

— Remplissez-moi ça, Stephen.

Elle attendit qu'il fût plein, l'offrit à Gontran qui le saisit machinalement.

— Buvez, dit-elle en souriant. Mais oui, buvez !

Il se résigna à obéir. Sans la quitter des yeux : cette femme avait le don de le fasciner.

— Vous voyez bien, ne nous fâchons pas. Si vous me laissiez terminer…

Il grommela quelque chose. Ses lèvres, avancées dans une moue d'enfant gâté, tremblaient imperceptiblement.

— Dites-vous bien que je ne vous fais cadeau de rien du tout. De rien en tout cas à quoi vous n'auriez pas droit. En contrepartie des titres, vous me signez un acte de vente fictif de ces derniers, non daté, que je conserverai et que je n'aurai qu'à déposer au greffe du tribunal de commerce si je le veux et quand je voudrai, pour en reprendre possession. Cela se pratique couramment.

Il n'avait pas l'air convaincu. Il céda pourtant.

— Dans ces conditions, ronchonna-t-il… Mais pourquoi tous ces… toutes ces complications ?

— Je ne veux pas que vous ayez d'arrière-pensées. J'ai de bonnes raisons pour agir ainsi, croyez-moi. Mais si quoi que ce soit vous paraît obscur, dites-le franchement. Boris répondra à toutes vos questions. Il est là pour ça.

Il posa son verre sur le guéridon, à côté de lui.

— Non, dit-il, tout va bien comme ça. Pardonnez-moi si j'ai paru douter... enfin... vous me comprenez ?

Malheureux tout d'un coup comme un gamin surpris à regarder par un trou de serrure. Elle passa un bras autour de ses épaules. Cajoleuse.

— Cher, cher Gontran-Eudes, roucoula-t-elle. Boris, vous avez les papiers ?

— Tout de suite, milady, tout de suite.

Il fouillait dans sa serviette, s'agitait, soufflait. Il les avait pourtant mis dans une poche à part, pour les avoir sous la main facilement, et voilà qu'il ne les retrouvait pas ! (C'est trop fort, qu'est-ce qu'ils sont devenus ?) Il finit par tomber dessus. Elle les lui arracha presque et les tendit à Gontran :

— Surtout lisez bien avant de signer !

Il demanda où. Boris se précipita, lui glissa un stylo entre les doigts :

— Ici, monsieur le baron, et encore là. Et puis dans la marge, mais seulement vos initiales : là et là, s'il vous plaît.

Il tournait lui-même les feuillets, lui mâchait la besogne. Gontran eut l'impression qu'on manipulait sous ses yeux les pages d'une partition. A lui de suivre la musique.

Cynthia se tourna vers Stephen et, au passage, lui fit une grimace. Gontran leur tournait le dos. Elle ne voyait de lui que le sommet de son crâne où s'amorçait, comme une clairière au milieu des bois, une tonsure naissante.

Vint pour Crèveloup un printemps nouveau et tout-à-fait inattendu. Le toit refait, les broussailles et les ronces disparues, les futaies nettoyées des buissons sauvages qui les avaient envahies, tout proclamait le réveil du Bois-Dormant. Les oiseaux eux-mêmes, après avoir fui le tumulte des travaux, étaient progressivement revenus. Leur gazouillis se mêla tout naturellement à celui des enfants qui, d'abord peu nombreux, furent bientôt plus d'une vingtaine. Il y en avait d'un peu tous les âges, même des tout-petits. Certains paraissaient au mieux de leur forme. D'autres par contre, d'une maigreur effrayante, évoquaient, avec leur peau parcheminée, quelque grimoire vivant, où l'on pouvait déchiffrer l'horreur des scènes qu'ils avaient vécues. Leur regard surtout consternait Gontran. Il n'osait les observer qu'à la dérobée, détournant aussitôt les yeux lorsque leur visage pivotait vers lui. Il mettait à les appeler toute la douceur dont il se sentait capable. Certains faisaient mine de ne pas avoir entendu. D'autres, après un moment de fausse indifférence, finissaient par diriger vers lui un regard mort, des pupilles dilatées, ouvertes sur un vide insondable. Risquât-il une caresse, aussi timide et lénifiante fût-elle, la plupart d'entre eux, parcourus d'un frémissement, donnaient l'impression de se replier sur eux-mêmes, comme des plantes sensitives.

— Ne vous inquiétez pas, lui avait dit une des très jeunes infirmières qui venait de le voir précipitamment retirer sa main du front d'un petit bonhomme aux yeux bridés. Son geste amical (relever la mèche noire qui retombait trop bas sur le visage de l'enfant) avait eu pour effet de le faire se rétracter de la manière la plus violente puis fondre en larmes, les deux poings écrasés contre ses joues. « Ça lui passera, comme aux autres, Mais c'est très long, vous verrez, vous vous habituerez ».

Il avait demandé à Cynthia d'où ils venaient. Elle répondit, en haussant les épaules : « D'un peu partout ». Il n'insista pas, légèrement honteux de sa question idiote : toutes les couleurs de cheveux, de peaux, toutes les formes de paupières... D'un peu partout...

— Qu'est-ce que je peux faire ? Leur apporter quoi ? Des bonbons ? Quoi d'autre ?

Cynthia lui répondit avec une brusquerie qui le surprit plus qu'elle ne le peina :

— Allez-y surtout le moins possible. Ils ont tout ce qu'il leur faut. Vous les perturberiez plus qu'autre chose.

Il s'écarta d'elle. Adossé à un arbre, il la suivit du regard. Elle allait de l'un à l'autre, prodiguant ses conseils et ses ordres, effleurant parfois d'un doigt machinal la tête d'un gamin venu se jeter dans ses jambes. Elle finit par s'apercevoir de sa présence, s'approcha de lui, lui prit la main avec une grimace amusée :

— On boude ? Comme c'est vilain !

— Pas du tout, mais j'ai l'impression d'évoluer dans un poulailler, avec des tas de poussins un peu partout, que je risquerais d'écraser en marchant.

— C'est ce que j'essayais de vous faire admettre, tout à l'heure. Venez maintenant, on rentre.

Désormais, il n'alla plus à Crèveloup sans elle. Elle-même lui parut espacer ses visites. Il lui en demanda la raison.

— Je me suis lancée dans une grande aventure. Vous ne pouvez pas imaginer ce que cela suppose de démarches, de tracasseries à surmonter, de complications. Et je ne parle pas seulement du côté « intendance » de l'affaire. Pour chaque gosse, c'est un dossier à constituer, une enquête, et quelle enquête ! Et ce n'est pas tout : Crèveloup n'est pas une maison de retraite. Ces petits orphelins, il faut les placer, leur donner de nouveaux parents.

— Ça doit se trouver, non ?

— Pas n'importe lesquels, Gontran, pas n'importe lesquels.

Il appliquait son paraphe de confiance, au bas de tous les papiers qu'elle lui soumettait. Elle le grondait : « Vous signez n'importe quoi ! Vous êtes gérant… responsable… Il faut lire, Gontran, il faut lire ! »

Elle lui annonça quelques semaines plus tard qu'elle envisageait un assez long voyage, deux ou trois mois. Où cela ? Loin, Asie du Sud-Est, peut-être en Inde.

— En Inde ?

— Bien sûr, en Inde. Pourquoi pas ?

— Pourquoi pas, en effet ?

***

6.

L'écran de la télé s'inscrivait anachroniquement dans le décor du salon : un œil écarquillé, carré, méchant. Fixé sur Gontran-Eudes. Il ne pouvait pas lever les yeux de son livre sans le rencontrer, avec chaque fois le même malaise trouble. Qu'il retournât son fauteuil pour y échapper n'arrangeait rien, au contraire. Il le sentait dans son dos, qui l'épiait, lui faisait comme une brûlure sur la nuque. Éteint, c'était presque pire. Des reflets gris lui faisaient deviner dans l'ombre la maléfique puissance.

C'était un cadeau de Cynthia. Elle aimait jouer les babysitters avec lui, le houspillait comme un mioche.

— Essayez de vous y faire ! Vous êtes pire qu'un vieux garçon, on dirait un adolescent poussé en graine !

Il n'ouvrait la télé que le soir, à l'heure des « nouvelles » ou, exceptionnellement, quand Julien lui signalait une émission hors du commun. Le vieux domestique tirait alors un fauteuil auprès de celui de son maître, veillant toutefois à le maintenir légèrement en retrait. Gontran-Eudes allongeait le bras, rapprochait le siège à la hauteur du sien, grondait : « Allons, Julien, allons ! »

Ce soir-là pourtant, il était seul devant le petit écran. Julien devait s'occuper des chevaux, ou de Dieu sait quoi. C'était devenu une manie chez lui : une fois le lad parti, il fallait qu'il « passe derrière lui ». Il vérifiait minutieusement son travail, secouait la tête, rouspétait, trouvait toujours quelque objet mal rangé à remettre en place. L'autre ne manquerait pas de s'en apercevoir : « Tu as encore touché à cette selle, c'est une marotte ! » Julien répondait à côté : « Vous ne perdrez donc jamais cette habitude de tutoyer les gens ! » Ils ne s'entendaient pas trop mal tout de même.

Les informations venaient de s'achever. Gontran s'empara, sur la table à côté de lui, du bouquin qu'il y avait déposé ouvert, « à bouchon » pour ne pas perdre la page. Il avait la flemme de se lever, d'aller éteindre, de revenir s'asseoir. Il savait bien pourtant qu'il faudrait en arriver là, qu'il lui serait impossible de fixer son attention sur sa lecture avec le bruit et le tressautement de la lumière : la télé et le livre étaient d'irréductibles ennemis. Inconciliables et irréconciliables. Une haine que Gontran-Eudes ressentait physiquement, au point de ne pas aimer se trouver entre eux deux, comme si cette hostilité engendrait de l'un à l'autre un champ maléfique.

Il reposa l'ouvrage. La « spiquerinne » annonçait un « document d'archives ». Il détestait ses airs affectés, son sourire trempé dans la mélasse, cette façon stupide qu'elle avait de se figer pendant quelques secondes, à la fin du texte, souriant sottement en attendant que la caméra eût réagi et accroché la suite de l'émission.

« Le document exceptionnel que nous vous présentons a été tourné aux Indes, du temps de l'occupation britannique, au cours d'une chasse au tigre offerte au Vice-Roi par le maharadjah de Malipore, quelques années seulement avant l'indépendance ».

C'était déjà un film en couleurs, mais délavées, des verts passés à l'eau de Javel, des rouges faux, des bleus chromos. Les visages étaient flous. Le Vice-Roi avançait rapidement, avec des gestes et des pas d'automate, dépassant de tout le haut du buste le petit souverain qu'on voyait trottiner à son côté, bombant le torse, astreint pour rester à sa hauteur à faire deux pas pour un.

Soudain intéressé, Gontran-Eudes scruta l'image mais ne reconnut personne. Ce genre de chasse lui était familier. Il avait participé à plusieurs d'entre elles. Contraint et forcé. Il avait toujours haï le massacre des félins poussés par une armée de rabatteurs dans une nasse où ils se faisaient piéger comme de vulgaires tanches. Les cris de triomphe des chasseurs qui les fusillaient n'importe comment du haut de leurs éléphants, de face, de profil, de dos, lui faisaient mal. Il avait honte du tableau de chasse où les magnifiques bêtes étaient alignées comme de vulgaires tapis, et où les « héros » de la tuerie allaient tour à tour se faire photographier dans une pose avantageuse, le pied posé sur le ventre de « leur » victime. Un rite auquel lui-même avait bien souvent dû se soumettre. De vieux souvenirs ressuscitaient devant lui : le moutonnement gris des éléphants, le balancement des palanquins sur leur dos, les casques coloniaux dodelinant au gré de cette houle de pachydermes. L'objectif s'attachait à suivre la nacelle drapée de velours grenat frangé d'or où le maharadjah, posé comme une potiche Ming sur un siège surélevé, étirait son petit cou pour voir devant lui. Il avait, par courtoisie, laissé précéder sa monture par celle du Vice-Roi dont on distinguait par intermittence la silhouette élégante.

Gontran-Eudes s'enfonça dans son siège : issue de son subconscient, une autre image se superposait à celle de l'écran en un « fondu-enchaîné » calqué trait pour trait sur la séquence de la télévision. En même temps que revenait, insistante, la question cent fois ressassée : « Pourquoi le sultan, ce jour-là, n'avait-il pas abattu Malcolm ? ». Pourquoi avoir choisi « l'autre » solution ? La plus absurde, celle qui les déconsidérait tous les deux ? Un pourquoi parmi beaucoup d'autres. Les faits étaient sans mystère. Ils demeuraient, pour la plupart, inexplicables. Par quels indéchiffrables cheminements de l'esprit (fallait-il dire du cœur ?) chacun des protagonistes en était-il arrivé là ?

Très occidentalisé, le sultan Muhammad ne se soumettait que superficiellement aux contraintes que lui imposait le Coran. Il ne disait jamais « ma foi », mais « ma religion ». Presque à regret, comme pour s'excuser. Veillant à se maintenir en bonne intelligence tant avec les mollahs qu'avec l'occupant britannique, il prenait soin de ne blesser la conviction de quiconque, chrétiens de toutes obédiences, hindouistes, shivaïstes, ce qui restait de bouddhistes, les membres des innombrables sectes, aussi abondantes que les grains de sable des plages de l'Océan Indien. C'était un jeu difficile mais auquel il se complaisait. Dur et même impitoyable lorsque les circonstances l'exigeaient, il savait louvoyer tout en donnant l'impression de la rigueur, paraître intraitable tout en se montrant conciliant, pratiquer une diplomatie dont l'inévitable sournoiserie s'abritait sous le masque de la plus transparente franchise. Son sourire, s'il faisait fondre la cuirasse des femmes les plus vertueuses, avait le pouvoir d'endormir la vigilance des hommes. Les mauvaises langues (et Dieu sait si elles étaient nombreuses à la colonie !) citaient, non sans précautions oratoires et au conditionnel, de multiples cas d'adversaires attirés par lui, sous couleur de réconciliation, dans des guets-apens savamment élaborés où ils laissaient leurs biens, leur vie parfois, et presque toujours leur honneur. On l'avait vu par contre s'engager dans les plus téméraires entreprises pour défendre un ami en péril. Un jour qu'un de ses intimes (il fallait l'être pour se hasarder à lui poser une telle question) lui demandait d'où il tenait ce caractère kaléidoscopique, il se contenta de répondre, comme s'il énonçait une évidence : « Pourquoi voudriez-vous que je sois différent de mes ancêtres ? »

Son mariage avec Fawzia, la sultane, avait déconcerté son entourage. On vantait la beauté (et même l'intelligence) des deux femmes légitimes et du bataillon de courtisanes qui faisaient de son harem une volière d'oiseaux de paradis. Prince comblé, rien ne s'opposait à ce qu'il augmentât ou même modifiât à sa guise une aussi charmante collection.

Fawzia, fille d'un Egyptien musulman et d'une Anglaise convertie à la foi du Prophète, avait été élevée le plus librement du monde en Suisse, dans une de ces pensions huppées où se cultivent comme des orchidées rares (et parfois vénéneuses, hélas !) les précieux rejetons des grands de ce monde.

Elle y avait reçu une éducation aussi solide que distinguée, y avait glané quelques diplômes qui ne lui avaient pas été accordés par faveur mais qui ne lui avaient été rigoureusement d'aucune utilité. Il n'en fut pas de même des sports dont la pratique « mangeait » une bonne moitié de son emploi du temps : natation, ski, tennis, golf, mais surtout le cheval pour lequel elle s'était prise d'une véritable passion. Excellent cavalier lui-même, Muhammad l'avait rencontrée pour la première fois en Angleterre, à l'occasion d'un concours hippique. Ce fut le coup de foudre. Séduit d'emblée par l'exceptionnelle beauté de la jeune fille, il fut définitivement pris au piège de son intelligence exclusive de toute pédanterie.

Il lui fit une cour pressante qu'elle ne découragea pas,

tout en se tenant sur une réserve qui acheva de le subjuguer. Lorsqu'il la demanda en mariage, elle subordonna son acceptation à un certain nombre de conditions : qu'il licenciât son gynécée, répudiât ses femmes légitimes, s'engageât pour l'avenir à renoncer à la polygamie, et enfin lui laissât mener l'existence libre à laquelle elle était habituée. Elle ajouta avec beaucoup de gentillesse mais davantage encore de fermeté : « Si jamais la tentation devait vous venir un jour de me traiter en femme de harem, sachez que ce n'est pas un colibri que vous mettriez en cage, mais un tigre ». Il se crut obligé de livrer un court baroud d'honneur, argua vainement de leur commune appartenance à l'Islam, de la tradition qui le contraignait, en tant que sultan, à se soumettre aux coutumes. Il se heurta à une volonté aussi courtoise qu'inflexible et pour finir capitula. (A peu près aussi à l'aise, confia-t-elle plus tard à un de ses intimes, qu'un banquier suisse à qui on aurait demandé de donner une surboum dans la salle des coffres). Il n'eut plus dès lors qu'un souci : masquer sa jalousie sous une désinvolture de façade, mais assez bien imitée.

Et Fawzia ? Quels sentiments éprouvait-elle à son égard ? S'était-elle, comme d'autres, laissé éblouir par le prince des Mille et Une Nuits qui l'avait distinguée et par le prestige du titre qu'elle allait porter ? L'aima-t-elle au point de céder elle aussi à la jalousie lorsqu'elle eut connaissance de certaines frasques sans grande importance parce que sans lendemain ? Éprouva-t-elle le besoin de se venger ou bien, lasse d'une tyrannie dont elle ne parvenait pas toujours à s'affranchir totalement, chercha-t-elle dans une aventure précaire à se prouver à elle-même qu'elle était restée une femme libre ? Son penchant pour Malcolm devint-il plus profond qu'elle ne l'aurait voulu ? Quoiqu'il en fût leur brève idylle, déjà si difficile à tenir secrète dans le petit univers clos de Darjeeling, aurait mérité de la part de la jeune princesse et de celle de Devereux, davantage de discrétion.

Non qu'ils s'affichassent vraiment, mais leur attitude en présence l'un de l'autre, l'expression irrépressible de joie qui émanait de chacun de leurs gestes, du moindre de leurs regards, ne pouvaient passer inaperçues.

Elles furent bientôt ressenties dans leur entourage comme une provocation. Muhammad en reçut la révélation comme une gifle en pleine figure, compliquée, ce qui n'arrangeait rien, d'un coup de poignard dans la région du cœur. Il fut assez maître de soi pour ne pas réagir tout de suite. Plusieurs jours s'écoulèrent qu'il mit à profit pour transformer ses soupçons en certitudes. Les moyens d'investigation ne lui manquaient pas. Dans ce microcosme que l'ennui rendait avide de scandales, les espions bénévoles battaient en ardeur et en efficacité son service de renseignements officiel. Fawzia, par son attitude, fit contre elle l'unanimité d'un lobby traditionaliste et religieux dont la fin de l'occupation britannique exaspérait le fanatisme. Se débarrasser de l'intruse devenait un acte méritoire, propre à attirer sur les croyants et sur le monarque lui-même la bénédiction d'Allah Tout Puissant.

Ils furent grandement désappointés de constater que rien ne se produisait. Les domestiques eux-mêmes, si habiles à écouter aux portes et si prompts à colporter les échos de ce qui se passait au palais, en étaient pour leurs frais. Les gens renseignés, connaissant bien le caractère emporté et l'orgueil du sultan s'étonnaient de ne percevoir aucun signe avant-coureur du drame qu'ils pressentaient. Quelques-uns, parmi les plus bavards, commençaient à regretter leur excès de zèle et à se demander si, trop amoureux de sa femme, Muhammad n'allait pas retourner sa colère contre eux. Ce ne fut sans doute pas par hasard qu'au cours de la fameuse partie de chasse au tigre, l'éléphant de Malcolm se trouva placé juste devant celui du sultan. Le désappointement et l'angoisse de certains furent grands lorsqu'au retour de l'expédition, ils virent les deux hommes revenir ensemble et même bavarder le plus naturellement du monde.

La « chose » n'eut lieu que quelques jours plus tard. Le lendemain exactement de ce que Gontran-Eudes et Cynthia n'appelleraient plus désormais que « la nuit de Lahore ». Malcolm avait accueilli sa femme avec un calme derrière lequel elle avait, sur le moment, cherché une trace d'ironie. Il ne lui laissa pas le temps de lui demander la raison de son départ précipité de la veille. Il s'en expliqua spontanément, justifia avec une profusion de détails tout-à-fait superflue l'urgence que comportait l'ordre de rappel qui lui avait été signifié. A peine remarqua-t-elle un tic inhabituel (un frémissement vite réprimé du menton) lorsqu'il ajouta :

— Je n'avais pas de souci à me faire. Gontran est un gentleman.

Elle répliqua, sèchement :

— C'est un gentleman.

Il parut se détendre. « Eh bien, n'est-ce pas, conclut-il avec désinvolture, tout est ainsi pour le mieux ».

Cela n'apportait aucune lumière sur sa décision de les envoyer visiter Amritsar. Il était difficile d'admettre un simple concours de circonstances. La préméditation n'était guère niable : mais alors, pourquoi ?

Elle-même ne savait plus bien où elle en était. Elle n'avait pas pu ignorer les bruits qui couraient sur le compte de son mari et de la sultane. Elle connaissait trop Malcolm pour ne pas avoir décelé, sous son flegme apparent d'ancien élève d'Eton, une gêne qui équivalait à un aveu. Elle prit le parti de feindre l'ignorance. Cynthia était trop avertie pour ne pas savoir qu'un amour contrarié est un amour renforcé. Fawzia ne représentait pas un péril durable. Il était impensable qu'elle parvînt à se défaire des liens qui l'unissaient à son roitelet d'époux ou même qu'elle y songeât. Il eût vraisemblablement choisi de la supprimer, avec ou sans mise en scène, plutôt que de la laisser lui échapper. D'un point de vue plus matérialiste, quel avantage aurait-elle trouvé à troquer sa manière de vivre contre l'existence que pouvait lui offrir Malcolm ? Il eût fallu que son amour pour lui fût bien puissant, et Cynthia en doutait fort. Elle se retrancha donc dans la conviction qu'il ne pouvait s'agir que d'une passade. Cette façon de voir présentait le double avantage de la rassurer et de la dispenser d'agir. La réaction possible de Muhammad l'inquiétait un peu, mais son ressentiment même l'aidait à se tranquilliser : « Après tout, ils l'auront cherché, qu'ils se débrouillent ! » Et puisque Malcolm avait trouvé le moyen de jeter le jeune Français dans ses jambes (ou dans ses bras !) pourquoi refuserait-elle la compensation somme toute pas tellement désagréable qu'on lui proposait ?

Ce fut l'inattendu qui se produisit.

La « Saison » de Darjeeling avait pris fin. Muhammad et la colonie britannique avaient rejoint leur résidence d'hiver à Odhpur, capitale du Sultanat.

La soirée, chez le sultan, traînait un peu en longueur. Les femmes bavardaient dans un petit salon tendu de peaux de léopards et encombrés de meubles tarabiscotés et parfaitement inconfortables. Cynthia — hasard ou provocation ? — s'était assise à côté de Fawzia. Elle jouait à l'assaillir de menues prévenances qui mettaient la sultane au supplice. Un petit jeu cruel qui n'avait pas échappé au quarteron de vieilles chipies toujours à l'affût, à l'abri des galons ou des étoiles de leurs maris, des ragots et des trop rares esclandres dont elles comblaient leur désœuvrement. Cynthia buvait du petit lait. Elle songeait : « ce que je peux être garce ! » et s'en délectait.

Dans la grande pièce voisine, aux murs surchargés de trophées de chasse, où se prélassaient çà et là d'énormes tigres aussi mélancoliques qu'empaillés, les hommes n'en finissaient pas de siroter le « sherry » traditionnel. Gontran-Eudes, qui eût préféré un cognac ou un whisky, sacrifiait avec résignation à la coutume. De temps à autre il jetait un regard à son verre dans lequel le détestable breuvage baissait trop lentement. Le sultan, un peu brusquement semble-t-il, vida le sien et se leva.

Quelle impulsion poussa Gontran à remarquer ses mains, qu'il avait appuyées sur le dossier d'une chaise ? Elles paraissaient crispées et tremblaient légèrement. D'instinct, le Français leva les yeux. Le visage du musulman n'exprimait rien. Un peu dur peut-être, guère plus que d'habitude. Totalement impassible.

— Si nous jouions ? demanda le prince.

Une voix répondit : « volontiers ».

— Poker ?

— Poker.

Muhammad se tourna vers Gontran-Eudes : « Me ferez-vous l'honneur ?… » Il convia en outre à sa table un riche marchand parsi dont il s'était fait l'ami puis, sans un mot mais avec un large sourire, désigna à Malcolm la place qui restait vide.

Pendant près d'une heure on n'entendit que le bruit des

annonces et des relances, le cliquetis des verres que des serviteurs silencieux portaient de table en table et, dans le lointain, le caquetage confus des femmes d'où émergeait parfois un rire en cascade. Ronronnement paisible auquel n'avait pas résisté le vieux général Glenmorton, dont les ronflements ne se départissaient pas d'une discrétion de bon aloi.

Le cri poussé par le sultan Muhammad fit sursauter tout le monde. Cynthia, qui s'était retournée, l'apercevait juste en face d'elle, dans l'embrasure de la porte : son visage, congestionné, lui apparut déformé sous l'emprise d'une rage incompréhensible. En se dressant brutalement, il avait fait tomber son fauteuil derrière lui. Sa main droite brandissait une carte à jouer. De la gauche il désignait un partenaire que Cynthia, bouleversée, reconnut, reflété par l'immense miroir accroché au mur derrière eux : c'était Malcolm. Il était d'une pâleur mortelle. Ses yeux exorbités fixaient le mari de Fawzia avec une expression de stupeur. De sa bouche, ouverte comme pour parler, aucun son ne sortait.

— Vous êtes un tricheur, Sir Malcolm, vous n'êtes qu'un voleur !

L'assemblée était pétrifiée. Cynthia seule repoussa mécaniquement son siège et se dressa avec une incroyable lenteur. Les femmes la regardaient faire, figées. On entendit dans le silence tomber les aiguilles à tricoter de la générale dont le mari se réveilla, confus et furieux de son sommeil interrompu. « Quoi ? balbutia-t-il. Que se passe-t-il ? »

— Disparaissez ! hurla Muhammad. Allez-vous en ! Que je ne vous revoie jamais ! Je ne supporterai pas plus longtemps dans ma maison la présence d'un homme sans honneur !

Cynthia eut encore le temps de distinguer les traits de Fawzia, que secouait un grelottement incoercible. « What ? répétait-elle, but what ? »[1] Sa voix chevrotait, ridicule, coulait d'elle en un bêlement grêle.

Malcolm avait enfin réagi. Dressé face à son adversaire, il prononça, d'un ton glacial :

[1] Quoi ? mais quoi ?

— Vous êtes ignoble, Muhammad ! Vous m'en rendrez raison.

Cynthia s'approcha de lui, lui saisit la main.

— Viens ! tais-toi. Viens !

Il parut hésiter, puis se décida à la suivre, dans un état de semi-hébétement, incapable de réaliser ce qui venait de se produire.

Le lendemain, il quittait Odhpur. Personne ne le revit. On apprit simplement que, convoqué dès la première heure chez le général commandant la place, il était resté enfermé avec lui pendant plus de trois heures. L'officier de garde avait entendu, à deux ou trois reprises, de forts éclats de voix dont il n'avait pas pu distinguer le sens. Il ne surprit qu'une phrase de Devereux, hurlée deux fois de suite : « Mais bon Dieu, mon général, il y va de mon honneur, et après tout de celui de l'Angleterre ! », et le général qui répondait sur le même diapason : « L'Angleterre se fout de votre honneur, Devereux, vous ferez ce qu'on vous dit ! »

En fin de matinée, Gontran-Eudes s'était précipité chez Cynthia. Il la trouva en tenue de voyage, au milieu d'un amoncellement de bagages, qu'une armée de Sikhs chargeait sur une voiture.

Il lui demanda : « Que puis-je faire pour vous ? »

Elle écarta les bras dans un geste d'impuissance.

— Vous voyez bien… Souhaitez-moi bonne chance.

— Mais enfin, Cynthia, c'est impossible ! Il va se défendre, il va…

— Il est déjà parti. Je dois le rejoindre à Bombay. Là-bas, nous aviserons…

Gontran sentit une sueur glacée couler dans son dos.

— Que voulez-vous dire ? Qu'il ne *veut* pas se justifier, ou qu'il ne *peut* pas ?

— Rien de plus que ceci : il obéit aux ordres reçus.

De retour chez lui, le Français trouva un pli qui l'attendait sur le plat d'étain où l'on avait l'habitude de déposer le courrier. L'enveloppe n'avait pas de timbre. Un planton avait dû l'apporter : elle était marquée au chiffre du Consulat de France. Il comprit avant même de l'ouvrir :

c'était l'injonction de regagner Paris dans les plus brefs délais.

Un mot l'accompagnait, griffonné à la main sur une page blanche :

« Je n'ai rien pu empêcher. Vous êtes victime de votre amitié, un peu de votre imprudence, mais surtout de certaines pressions extérieures (le mot était souligné). Je suis navré car je vous estime et je vous aime bien. Très amicalement ». Suivait la signature du consul (le prénom seulement).

La page indienne était tournée.

Se rhabituer à Paris lui fut impossible.

On lui avait procuré une sinécure au ministère des Affaires Etrangères : cela signifiait des journées entières à se curer les ongles derrière un bureau Louis XV où quelques générations de fils à papa avaient avant lui traîné leur amateurisme. Il démissionna, décida de rentrer à la Roche-Cervières où l'attendait Julien.

Sans nouvelles de Cynthia, il s'irritait de songer trop souvent à elle. Même les difficultés qui s'accumulaient dans la gestion du domaine étaient impuissantes à dissiper ce fantôme diapré qui surgissait devant lui alors qu'il s'y attendait le moins, flottait un instant dans l'air et pour finir s'enroulait sur lui-même comme une mousseline diaphane et disparaissait comme il était apparu, lui laissant dans la bouche et dans l'âme une insupportable amertume.

***

7.

Les deux fleuves suivaient des voies parallèles. Resserrés dans l'étau formé par les Alpes et le Massif Central, ils s'entêtaient à perpétuer la voie des anciennes invasions. Les masses d'hommes qui, soldats, bandits de grands chemins, marchands ou pèlerins, en avaient au cours des siècles descendu ou remonté le cours n'avaient laissé que peu de traces le long de cette voie royale. Celles qui subsistaient s'accordaient harmonieusement avec le paysage. Villes aux toits roses enroulées sur elles-mêmes comme des escargots géants, ici les dominait un donjon blanc, ailleurs un clocher couronné de fer. Des ruines romantiques, sur la crête des collines, fendaient un mistral rageur. Abandonnées à la gloutonnerie des rares moutons, dévoreurs de serpolet ou de romarin. (A propos, saviez-vous que romarin signifie « rose marine » ?) Plus loin, succédané grinçant des châteaux et des oratoires sacrifiés aux caprices de l'histoire, le paratonnerre d'une tour de télévision menaçait un ciel changeant.

Au fond : les fleuves. Le plus ancien s'était frayé son chemin à partir des glaces aujourd'hui fondues des Alpes centrales. Pour en arriver là, il lui avait d'abord fallu écarter les flancs de la montagne de ses rudes épaules de glacier. Après quoi, patiemment, prenant bien son temps, il avait lentement vrillé son passage vers la mer. Hier encore, bouillonnant d'une violence mal contenue, tout en nodosités et en muscles, on pouvait le voir rouler ses « meuilles » comme un paquet de boyaux géants, bousculer ses berges, porter les hommes ou les noyer selon son humeur : le Rhône, un peu dingue de sa propre puissance. Du jour au lendemain il avait perdu son invincibilité. Défait par l'homme, asservi, il traînait son humiliation dans un carcan de béton. Bloqué à chaque écluse, il y attendait son tour, hébété comme le voyageur qui, sur le quai du métro, guette le passage de la prochaine rame. Par endroits, le ventre ouvert, encore mal remis des laparotomies subies, il exposait au soleil ses plaies grandes ouvertes, comme si le chirurgien, écœuré de son propre travail, avait tout planté là avant de s'enfuir, oubliant son patient et jusqu'à ses instruments : bétons éclatés, ferrailles tordues, bulldozers à bout de souffle attendant quelque hypothétique récupérateur, pus et sanie d'un ignoble holocauste.

Le second « fleuve » ne valait guère mieux. Noir, parcouru de frissons bruyants, d'un flot ininterrompu à double sens d'insectes pressés. Là-haut, vers le Nord, à époques fixes, Paris pressait son ventre engorgé et lâchait sur l'autoroute une diarrhée périodique.

Sec et rocailleux comme les bras oubliés du fleuve désaffecté, un troisième ruban courait, parallèle aux deux premiers : déjà presque anachronique, comme l'étaient devenus les villages déserts collés au flanc des collines, pareils à des nids d'hirondelles abandonnés : le chemin de fer qu'épuisaient ses efforts pour se maintenir en vie, dopé par une nouvelle apparence de jeunesse, courant après des records de vitesse démentiels.

Blessant un ciel déjà méditerranéen, les « jets » tendaient, d'un bord à l'autre de l'horizon, leurs traînées blanches rapidement effilochées.

Les collines, à droite et à gauche, conservaient tant bien que mal leur physionomie. Les hommes des temps nouveaux ne savaient plus marcher. Là où cessait la route, ils s'arrêtaient. Dans un rayon de quelques dizaines de mètres autour de leurs voitures immobilisées on les voyait s'agiter, aller, venir, déballer leur pique-nique, construire leurs maisons ou leurs usines. Désemparés comme une colonne de fourmis dont on a brouillé la trace. Astreints à se « sécuriser » comme ils disaient, dans leur toile d'araignée de voies de communication imaginée par eux, enfermés dans leur propre labyrinthe.

La maison, là-bas, tout en haut, on l'appelait « le Mas », ce qui ne voulait rien dire, sinon que c'était une maison. Elle n'avait pas de vrai nom, ou n'en avait plus. On voyait bien pourtant qu'elle avait vécu, avec sa façade cossue, son puits, ses communs et, près des anciennes étables, son aire de battage et les roues de bois des chars qui achevaient de s'effriter, rongées par les cirons sous l'appentis en face duquel une bosse brune rappelait qu'il y avait eu là, pendant des décennies, un précieux tas de fumier. Abandonnée, la construction avait assez bien tenu le coup. Le vert des volets s'était un peu écaillé, juste assez pour rendre attendrissant le mur blond où s'accrochait un chèvrefeuille. Le laurier-sauce, à côté de la porte, était devenu un arbre. Le Hollandais n'avait eu qu'à pousser les fenêtres : horrifiées, les araignées avaient fui, puis étaient revenues. De nouvelles poules s'étaient mises à caqueter dans la cour, une chèvre à bêler, de sa voix cassée de petite vieille.

— Jost ! appela l'homme, je prends le vélo, je descends au village !

— Tu feras bien ! Tâche de ramener du fric, y en a besoin !

L'homme eut un rire lénifiant :

— D'accord, du fric ! D'accord !

L'engin à deux roues qu'il enfourcha n'avait d'une bicyclette que l'apparence. Tous les deux coups de pédale, le pignon de la roue arrière décrochait, entraînant le pied dans une désagréable rotation à vide. Suffisait d'être au courant et de s'y attendre. (Ou de s'être une fois cassé la gueule à cause de ça). Bertie s'assura qu'il avait bien pris ses gants : il était rare que la chaîne ne lâchât pas une fois ou deux pendant le parcours, et il avait horreur de se noircir les mains de cambouis.

Le sentier était à la limite de l'impraticable ; deux profondes ornières, que séparait une mince échine verte, se transformaient en torrents les jours de pluie. Bertie pédala jusqu'à la croisée des chemins, salua d'un geste joyeux la croix de pierre brisée qui marquait le carrefour, puis se mit en roue libre. Il voulut siffler, émit sans conviction une série de sons affligeants mais très vite, conscient de ses limites, renonça. Un peu avant le village, au croisement de la grand-route, le cycliste s'arrêta, mais ne descendit pas de sa machine. Un pied par terre, il leva la tête vers les noisetiers qui s'arrondissaient en voûte au-dessus de son front.

Il aimait cette heure hésitante où la lourde chaleur de midi est encore traversée de longues et sinueuses langues de fraîcheur. Il se sentait, à l'abri des branches immobiles, comme au creux d'une caverne marine, plongé dans une mer transparente et tiède parcourue de courants froids. Il souleva à demi son chapeau, un panama démodé enrubanné d'une soie décolorée, prit le temps de s'éponger le front.

Une demi-heure plus tard il poussait la porte de la petite poste. Sans rien lui demander, la préposée lui tendit une liasse de billets, un stylobille, un carnet à signer. Il bourra l'argent dans sa poche, salua. La postière lui dit : « A bientôt ». Il répéta, après elle : « Merci. A bientôt ». — « Le mois prochain ? » — « C'est ça : le mois prochain ».

Il sortit, traversa la rue, acheta du pain, une boule ronde, bien brune, presque noire, qui ferait la semaine avant de durcir, reprit son vélo. Il y avait des voitures le long des trottoirs, on devinait un coin de la place, le drapeau de fer de la mairie, une toile de tente rayée au dessus de l'éventaire bariolé d'un forain.

Sous les noisetiers le bleu de l'ombre s'était dissipé. La fraîcheur avait disparu. Il ne s'attarda pas, déboucha bientôt en plein soleil. Le ciel semblait s'être aplati sur la terre, écrasant la route de son poitrail brûlant. L'effort qu'il faisait pour pédaler l'obligeait à respirer profondément. Un parfum de garrigue emplit ses poumons. Il y eut, quelque part, l'appel timide d'une cigale. Puis un second, plus assuré, auquel d'autres, un peu partout, répondirent. Il allongea machinalement les lèvres pour siffler puis, à la réflexion, lentement, les referma.

Il pédalait en râlant un peu à cause de ce foutu moyeu qui lâchait tout le temps. Au bout d'un moment, quelque chose se mit à le tracasser : un bruit, comme un ronflement de moteur qui enflait insensiblement. Au dernier détour du chemin, il se trouva soudain nez à nez avec une bagnole noire. Elle tenait pratiquement toute la chaussée, si bien qu'il dut se jeter sur sa droite pour l'éviter. Il se rattrapa de justesse, n'eut guère que le temps de voir le conducteur ralentir puis, après une courte hésitation, reprendre de la vitesse.

Il déboucha bientôt sur la terrasse qui, devant le perron de la maison, dominait la campagne. La plaine s'étendait à perte de vue, plantée de vignes et d'oliviers. On pouvait la voir mourir au loin, dans un poudroiement vaporeux, contre le serpent d'argent du Rhône, (un serpent dont on ne distinguait que des tronçons, luisants comme des écailles). Un petit groupe l'attendait.

— Ah, te voilà ? dit quelqu'un. Tu les as croisés ?

— Qui était-ce ?

— T'as pas reconnu ?

— Le maire, il m'a semblé. Mais l'autre, celui qui conduisait ?

— Des emmerdes. Viens qu'on t'explique.

Bertie appuya le vélo contre le muret, rouspéta : « Faudra quand même s'occuper de le réparer. Il ne va plus du tout ! » Puis il demanda : « quelles emmerdes ? » Ça faisait drôle de l'entendre prononcer ce « quelles emmerdes » de son petit accent britannique un peu maniéré qui, dès le début, leur en avait tellement imposé. Avec ses cheveux blonds, à peine ondulés, que partageait une raie impeccable, son cordon de moustache soigné comme un gazon anglais, ses yeux qui faisaient penser à des myosotis écarquillés, (si bleus avec tout juste un point rouge au milieu), il faisait tache parmi eux.

— C'était bien le maire, dit Jost. Mais il ne faisait qu'accompagner. L'autre, c'était un Hollandais comme moi. Ils voulaient savoir pourquoi on était là, de quel droit ? Et si on connaissait le propriétaire.

— Qu'est-ce que ça peut bien leur foutre ?

— Ça, c'est le maire qui l'a expliqué. Les Hollandais, je ne sais pas si tu es au courant, c'en est plein. Ils achètent tout ce qu'ils trouvent : des villages entiers, même des ruines quelquefois.

— Le Mas, c'est pas une ruine.

— Justement. Ils auraient des projets, ils veulent faire un village de vacances. Paraît qu'ils sont déjà presque d'accord avec ceux d'en face et même avec celui à qui appartient le bois de chênes-verts juste derrière chez nous.

— Tu lui as bien dit que ce n'était pas à vendre ?

— Tu parles ! Il m'a répondu : « Qu'est-ce que vous

en savez ? Vous n'êtes pas chez vous ». J'ai essayé de discuter, va te faire foutre ! il avait l'air salement au courant. Il voulait savoir qui payait le loyer, et à qui, et si on avait une… un…

— Un bail ?

— Oui, c'est ça, un bail.

D'un coup d'ongle rageur, « Bidule » fit vagir sa guitare en gueulant : « Fallait les envoyer se faire branler ! » Il aurait pu passer pour un Indien Séminole avec sa chevelure plate et noire qui retombait jusqu'au milieu de son dos et le ruban qui lui cernait le front, n'eût été sa moustache gauloise. Josiane, qui partageait sa vie hasardeuse, serra plus fort contre elle le petit Nicéphore, cramponné à son sein. « On va devenir quoi ? » gémit-elle.

Le reste de la bande faisait cercle. Intéressés, sans plus. La petite « famille » du Mas se nouait et se dénouait au hasard des circonstances. La plupart ne faisaient que passer, restaient quelques jours ou quelques semaines puis, souvent sans même prévenir, disparaissaient. Bien peu remerciaient. Dans le fond, cette absence d'attaches était peut-être ce qui plaisait le plus à Bertie : une vague dans la mer, parmi d'autres vagues, avec toujours en réserve une vague nouvelle pour remplacer la vague évanouie. Elles apparaissent, font un bout de chemin côte à côte, déferlent et se diluent : ainsi à chaque fois la vague « moi », la vague « je », son tour venu, se résorbe, réabsorbée par l'immense mouvement perpétuel de la vie et de la mort, engloutie par l'insondable indifférence des océans.

— Le maire ne sait pas qui est le propriétaire ?

— On n'aurait pas dit.

— Il n'avait qu'à chercher. Y a un cadastre.

Une voix s'éleva : « C'est quoi, un cadastre ? »

— Ça va, trancha Bertie. Ne vous en faites pas, on verra ça demain.

Josiane émergea de la petite porte latérale qui donnait sur les cuisines.

— Dites donc, les gars, faudrait p't'être aviser, y a plus de conserves.

— Tu aurais pu le dire plus tôt, râla Bertie. Je rentre juste du village.

— Comme si je pouvais deviner ! Bidule ! va nous tuer une poule pour midi. Ce soir on fera une omelette.

— Aux herbes, dit le guitariste.

— A quoi tu veux ? Aux truffes ?

— Pourquoi pas ? C'est le pays, ici, non ?

On se débrouillait. Ceux qui avaient de l'argent en donnaient, aux autres personne ne demandait rien. Il y avait bien eu de faux « pauvres », une fois ou deux. Ils avaient été vite repérés et s'étaient éliminés d'eux-mêmes. Surtout pas de zèle intempestif. C'était arrivé : l'envie de trop bien faire et le poulailler des voisins en avait pris un coup. Bertie avait réagi avec vigueur, contraint les braconniers d'occasion à rapporter le volatile à son propriétaire. Avec des excuses : surtout ne pas oublier les excuses !

Comment tous ces gens se repassaient-ils l'adresse du Mas ? De bouche à oreille, une sorte de franc-maçonnerie des tuyaux sérieux. Dans l'ensemble, la consigne était respectée : Des copains, d'accord. Pas trop, on ne pouvait pas. Surtout pas de malfrats.

De temps à autre (de moins en moins), la voiture des gendarmes venait faire un tour. Elle s'arrêtait en face du grand escalier. Ils mettaient pied à terre en rigolant. On se connaissait, depuis le temps. On débouchait pour eux une bouteille de cidre. Du bon, il venait de Normandie, c'est le Hollandais qui le faisait venir. Il avait une « relation » quelque part là-bas : « Vous pouvez boire sans crainte, y a rien de chimique ».

Une seule fois on avait vu débarquer les flics, l'air solennel, plus ennuyé que méchant. « Paraît que vous cachez quelqu'un ? » On s'était expliqués : le gars était resté deux jours puis reparti, en pleine nuit, sans avertir. Il n'avait plu à personne, si bien qu'on s'était tenus à carreau, d'instinct. Le brigadier avait sorti son carnet, écrit un rapport, en s'appliquant. De temps en temps, il léchait le bout de son crayon.

— Faut faire attention, conseilla-t-il avant de refermer son calepin. Ça va pour ce coup-ci, mais vous pourriez vous attirer des ennuis.

— Un coup de cidre, brigadier ?

— Pas aujourd'hui, merci. La prochaine fois.

Il avait salué en portant deux doigts à son képi, sans leur serrer la main. Il avait encore insisté, par la portière, avant de mettre le contact.

— Faut se méfier des gens qu'on ne connaît pas. Celui-là, c'est pour meurtre qu'on le recherche.

Depuis, les nouveaux arrivants étaient soumis à un interrogatoire auquel ils se prêtaient de plus ou moins bonne grâce.

La pension que touchait le Hollandais, les sommes un peu mystérieuses que Bertie allait chaque mois chercher à la poste restante, les sous que se faisait la femme de « l'Indien » en allant vendre au marché les objets de bois qu'elle fabriquait tout en surveillant son gosse, leur permettaient de vivre sans trop de soucis. Même de se permettre à l'occasion quelques gâteries qui amélioraient l'ordinaire.

Bertie s'était attaché à cette vie à laquelle rien ne l'avait préparé. Il se rappelait comment il s'était retrouvé, un beau matin, sur les quais de Toulon, à demi-clochard. Malgré son allure d'aristocrate décavé, mais toujours soigné, il avait été assez vite adopté par la petite faune pittoresque qui hantait le port. Comme elle, il avait tâté d'une foule de métiers plus ou moins rémunérateurs qui suffisaient à les faire vivre. Il avait su ne pas succomber à leur vice mignon : le pinard bon marché ou le pastis frelaté.

Puis un jour, brusquement, il en avait eu assez. Soif d'air sauvage, de ne plus s'abrutir au spectacle des vagues venues battre des quais aux pierres domestiquées, des bateaux entrant au port et en ressortant après avoir vomi leur cheptel humain ou l'avoir ravalé selon un rythme aussi ennuyeux que celui d'un métronome. Une nuit, assis au-dessus de l'eau, à même le pavé de la darse, les jambes pendant dans le vide, il avait essayé d'expliquer cela à un compagnon de rencontre : un drôle de bougre, tavelé de tatouages du haut en bas de son corps, jusque sur les mains, le visage, partout. Il prétendait avoir été médecin, arrêtait là sa confidence. Personne ne lui demandait d'en dire plus.

— C'est dingue ce que tu racontes, Bertie. Totalement con, ça rime à rien, mais tu vois je peux comprendre. Moi aussi, je dois dire, c'est bien un peu pour ça, parce que j'ai éprouvé ce genre de truc, que j'ai tout envoyé se faire enfiler ailleurs, le plus loin possible. Sans moi. Surtout sans moi !

De quoi vivait-il ? Encore une question « civilisée » que l'Anglais ne pouvait pas se retenir de se poser à propos d'eux tous. Ils avaient beau être totalement démunis, ce n'étaient pas des épaves (ceux du moins qu'il acceptait de fréquenter) : tout et n'importe quoi sauf des épaves. Peut-être le deviendraient-ils un jour, sûrement même eu égard à leur prodigieuse insouciance du lendemain. N'empêche qu'il les enviait. Ils avaient en commun un secret qu'il avait mis du temps à comprendre : refuser tout ce qui n'était pas le présent. Avoir définitivement gommé de leur conscience le passé et l'avenir, la notion du temps. Même l'idée de la mort ne paraissait pas les effleurer. C'était peut-être une recette de bonheur, la leur en tous cas. Bertie n'en était pas là. Pas encore. Il en était toujours à se fuir, et peut-être à s'espérer. A se poser les pourquoi, les comment, les « comment en suis-je arrivé là ? Qu'est-ce qui me forçait ? Rien ».

— Rien.

La vie ne lui avait jamais fait peur. Ni les épreuves. Alors, quoi ? Et pourquoi ? Lâcheté ? Certainement pas. Non : plutôt un grand, un subit besoin de carcans à briser, de chaînes à démaillonner, à faire voler en éclats, et puis offrir sa poitrine nue à l'air libre, la frapper à grands coups de poings face à un soleil retrouvé. (Il se moquait de lui : « Tarzan ! Je me suis pris pour Tarzan ! » Il concluait comme son camarade d'un soir : « Ce que c'est con ! »).

— Ou Mowgli : j'ai dû trop lire Kipling !

C'est le gratteur de guitare qui l'avait décidé en fin de compte. Il l'avait rencontré par hasard, à un coin de rue. L'air qu'il jouait était mélancolique et doux. Lorsqu'il eut terminé, le musicien leva les yeux vers lui, tendit la main, proposa : « Assieds-toi ». Son sourire était clair et sa voix amicale. Une fille s'approcha d'eux. Elle apportait, enveloppé dans du papier cristal, quelques tranches de charcuterie, une moitié de pain sous son bras. Elle s'installa : « Y en a assez pour trois. On partage si tu veux ». Des hippies, mais propres. Certainement pas drogués. Ils parlèrent peu.

Ils mangeaient lentement, comme des gens que rien ne presse, tranquillement portés par la vie comme par l'eau d'une rivière au cours paisible. Par moments, le garçon saisissait son instrument et fermait les yeux. Ses doigts arrachaient aux cordes des cris, des plaintes, ou bien l'amorce d'un chant plein de langueur et de joie naïve.

La fille ne semblait s'intéresser ni à son compagnon ni à Bertie. Elle plantait des dents éclatantes (des dents d'Indienne, songea-t-il, ou de cannibale) dans le sandwich qu'elle s'était confectionné. Ses yeux, qui fixaient le vide, paraissaient se plisser de bonheur. Entre ses cils une minuscule goutte de lumière chatoyait, comme une larme bleue.

— Ou comme l'appel d'un ver luisant amoureux, la nuit.

Sa main gauche, l'index levé, battait la mesure par intermittence. Discrètement.

Il leur demanda s'ils voulaient boire. Ce n'était pas de refus. Ils s'installèrent à une terrasse. Il n'y avait pas de lune, mais l'air était caressant avec un goût étrange de fleurs et de saumure. Ils commandèrent des anisettes, parce que c'était l'été et que les coups de langue qu'on entendait clapoter contre les enrochements, c'était tout de même la Méditerranée. Il y avait des étoiles, en tas, en vrac, plein le ciel, qui se chamaillaient à celles qui brilleraient le plus.

— Vous êtes là pour longtemps ? demanda Bertie.

— On part demain. On quitte la côte. C'est marre la côte.

Il ne leur demanda pas pour où. C'est le garçon qui le renseigna :

— On va en Haute-Provence. Je connais déjà. Pas elle. Mais je suis sûr qu'elle aimera. Là-bas, c'est encore resté comme le Bon Dieu l'a fait.

Bertie ne sut jamais ce qui l'avait poussé à questionner :

— Vous y croyez, vous, au Bon Dieu ?

Le rire du vagabond fusa, un beau rire, franc, sain, sans retenue.

— Au Bon Dieu ? Non... Enfin... pas toujours. Mais à ce qu'il a fait, alors ça, bon Dieu oui !

Un peu plus tard, comme il avait sorti son couteau pour

fendre les coques des pistaches qu'on leur avait servies dans une soucoupe, il en dirigea la pointe d'abord vers sa propre poitrine, puis vers celle de la fille : « Moi, c'est Bidule. Elle, c'est Josiane ». Il se crut tenu de préciser : « Bidule, c'est venu d'elle, parce qu'au début, je voulais pas lui dire mon nom. Ça fait que le vrai, je l'ai pratiquement oublié ».

Le lendemain, Bertie prit la route avec eux. Une route au bout de laquelle il y avait le « Mas ». Lorsqu'ils débouchèrent, tous les trois, sur la terrasse qui dominait la plaine du Rhône, ce qui les frappa tout de suite, c'est la garrigue : elle s'étendait de toutes parts, à perte de vue : sonore. Elle chantait, la garrigue : toute frémissante de la ronde des lapins de garenne, du jazz infernal des cigales, avec, en contrepoint, le hurlement insensé du mistral. Et son odeur : âcre et suave, insinuante et forte, sensuelle comme un parfum de peau, une senteur de femme nue et moite d'amour.

Bertie posa son sac par terre et dit : « Nous y sommes ».

Avec le maire, en l'absence de tout occupant, et d'ailleurs de tout propriétaire connu, les choses s'étaient facilement arrangées. Plus tard, galets roulés par un flux et un reflux chronique, passagers ou permanents, étaient arrivés les hôtes de cet étrange « ashram » : Jost le Hollandais, qui le premier avait ouvert la chambre du haut, Nicéphore tombé du ciel : Nicéphore, le fils de l'Indien et de Josiane que le même tourbillon avait jeté là sans label d'origine. Josiane elle-même, piquante et savoureuse comme un petit vin des Côtes, un petit cru d'autrefois, d'avant les appellations contrôlées, d'avant les coupages et la chaptalisation.

Plusieurs fois il était arrivé à Jost de s'immobiliser, le bras en suspens au-dessus de la casserole, secouant machinalement la cuiller de bois dégoulinante, et d'apostropher Bertie. Comme ça, sans raison : « Pourquoi tu te maries pas, vieux ? C'est pas les filles bien qui manquent et qui aimeraient se fixer. Tu devrais, je t'assure ». Bertie, d'un geste furibard, jetait son couteau dans le plat, au milieu des épluchures. Bidule ne lui laissait pas le temps de répondre, intervenait à son tour : « Jost a raison. Tu devrais ».

Bertie dénouait rageusement son tablier bleu, se levait en

bousculant son tabouret, quittait la cuisine en gueulant : « Merde ! Vous m'emmerdez, c'est compris ? Mêlez-vous de vos oignons ! » Josiane haussait les épaules : « Merde, c'est le seul mot de français qu'il prononce sans accent ! » Bidule fronçait les sourcils, se tournait vers la porte, hurlait : « Devant Nicéphore, Bertie ! Tu pourrais te surveiller ! »

Bertie revenait, fouillait parmi les peluches pour récupérer son couteau, se rasseyait. Jost le sermonnait : « Vrai, les gonzesses, je sais pas ce qu'elles t'ont fait ! On peut pas seulement t'en causer ! » Bidule essayait de ramener le calme : « Allez, Jost, quoi ? Fous-lui un peu la paix ! » Nicéphore, que tout ce bruit avait réveillé, se mettait à brailler tout ce qu'il savait, du fond de la corbeille à linge gigantesque qui lui servait de lit.

La réflexion de Jost avait agacé Bertie parce qu'elle frappait juste. Il grimaça : une blessure ne s'était jamais refermée, une seule. De sa jeunesse il gardait une beauté de traits, une séduction que l'âge avait consolidées. Détruisant à coups de burin la joliesse un peu mièvre de l'adolescence, la vie lui avait sculpté en force un profil nouveau, plus viril, qu'adoucissait la patte d'oie fragile qui prolongeait ses paupières, et un air de distinction sans recherche qui attirait, et en même temps maintenait à l'écart juste ce qu'il fallait, ceux qui l'approchaient. Sa misogynie était-elle sincère ? Il refusait d'approfondir : tout ce qu'il savait, c'est que l'approche d'une femme, surtout les plus attirantes, cette façon qu'elles avaient de s'offrir en faisant mine de se refuser, de pasticher la tigresse couchée dans l'attente du mâle, rentrant et ressortant leurs griffes par provocation et par jeu, beaucoup moins même, la plus petite marque d'intérêt ou de sympathie, provoquaient chez lui un réflexe automatique d'autodéfense, de recul. C'était le défaut de sa cuirasse, sans doute le seul. « Last but not least » [1] (Je n'aurais même pas fait un bon moine. Même pas ça !) Il croyait aux vertus de la chasteté (c'est par les couilles que la cervelle se vide !). — « D'accord, mais j'en fais quoi, de ma cervelle ? »

[1] Le dernier mais pas le moindre.

Quand il se mettait ainsi à dérailler vers la métaphysique, il réagissait en appliquant le seul remède à sa portée : il allait dans la resserre, aiguisait la bonne vieille hache, appelait Jost ou l'Indien : « Ho ! je vais faire du bois. Je serai de retour pour dîner ». Une voix lointaine répondait : « Du bois ? Mais y en a à revendre ! En tous cas, fais gaffe à tes arpions ! » La cognée sur l'épaule, il s'enfonçait dans la nature.

Le repas avait été morose. Bertie n'avait pas prononcé une seule parole. Il réfléchissait, le nez dans son assiette. « Alors quoi, rouspéta Josiane, bouffe ta soupe, quand même, on va pas la jeter ! » Il saisit silencieusement sa cuiller, vida le potage à petits coups pressés à la façon d'un chien qui lape. Il accepta encore un rond de saucisson, le mit presque entier dans sa bouche, sans prendre la peine d'en retirer la peau.

— Écoute, commença Jost…

Bidule lui fit signe de se taire. Jost grommela quelque chose d'indistinct et reprit une tranche de pain. En bout de table les autres, oiseaux de passage, mangeaient sans bruit. Le mas, ils s'en foutaient un peu. Cette escale-ci ou la suivante… La plupart savaient bien qu'ils n'y remettraient jamais les pieds. N'empêche qu'ils sentaient gronder l'orage et avaient hâte de quitter la table.

— Du café ? demanda Josiane. Bertie finit par relever la tête.

— Allons, dit-il, c'est bon. Indien, va chercher ta guitare.

La ruche se remit à bourdonner.

Le maire rejeta son chapeau de paille en arrière de son front, se gratta le crâne d'un air pensif. Après quoi il rabattit son couvre-chef d'un geste trop brusque, trop en avant sur ses yeux.

— Enfin, plaidait Bertie, comprenez nous, Monsieur le Maire…

— Bien sûr que je vous comprends. Mais ça change quoi ?

Bertie ne se reconnut pas battu.

— Entre ces Hollandais qui envahissent le pays, que les paysans (vos électeurs, Monsieur le Maire) ont pris en grippe, qui ne vous attireront que des ennuis et qui de plus ne payent pas d'impôts ou si peu…

— Vous non plus.

Bertie ne put s'empêcher de sourire.

— D'accord, consentit-il. Mais il n'y a pas que les impôts. Je ne vous apprends rien : il y a eu assez d'incidents l'an dernier pour vous ouvrir les yeux. Tout près d'ici…

— Ce serait que de vous, Monsieur Bertie, je dis pas. Mais vous n'êtes pas seul là-haut. Ces va-et-vient, ces gens qui traversent le pays, dont on ne sait ni d'où ils viennent ni où qu'ils s'en vont… la gendarmerie non plus n'aime pas ça. Entre eux et les Hollandais, qui sont emmerdants, je concède, mais ils sont en famille, ils ont des passeports, eux au moins…

Ils déambulaient côte à côte sur le mail moucheté d'ocelles alternés d'ombres et de soleil.

— C'est drôle, fit Bertie tout à trac : on dirait qu'on marche sur un tapis de peaux de léopard, vous ne trouvez pas ?

— Un tapis de quoi ?

Bertie ignora l'interrogation. Il poussa le maire vers une table, le fit asseoir. Le mistral soufflait sans méchanceté. Les platanes laissaient échapper les premières feuilles mortes. Elles glissaient d'un filet d'air à l'autre, avec lenteur. Lorsqu'enfin elles atteignaient le sol elles le rabotaient longtemps, comme à regret.

— Faut dire, apprécia le maire, que devant un coup de vin blanc on est pas plus mal pour discuter.

D'un ongle noir il se gratta le dos de la main. Un tic qu'il avait comme ça, quand il avait besoin de réfléchir.

— Parce que, ajouta-t-il après avoir hésité, (il regardait ailleurs, exprès, pour ne pas être tenu d'affronter le regard de son compagnon) vous… comptez vous fixer ici ?

— Ça fait pas mal d'années, répliqua Bertie, songeur.

Je ne suis plus un étranger, tout de même. Et puis moi, je reste toute l'année. Les Hollandais, eux…

— Précisément. Ils arrivent en juillet ; ils repartent en septembre. C'est bien ce que dit Juste, il y a pas longtemps à les supporter. Comme les hirondelles…

Juste, c'était l'épicier. Il y trouvait son intérêt.

— Et la source, argumenta l'Anglais, vous y avez pensé, à la source, quand tout le monde tapera dedans ?

— Ils disent qu'ils feront venir l'eau de la vallée. L'eau de la compagnie, précisa-t-il d'un air entendu et important.

— Vous avez calculé ce que ça coûtera à la commune quand tout le village en voudra ? Et ce n'est pas tout : il faudra des égouts…

— S'ils construisent…

— Justement, s'ils construisent. Vous avez intérêt à vous renseigner, Monsieur le Maire, et à exiger de voir les plans. Il vous faudra prendre un conseil. Et puis à quoi il va ressembler votre village, avec toutes ces baraques neuves tout autour ? Pleines de Hollandais, en plus, qui pendant un mois, ou deux, peut-être trois, seront les maîtres ici ? Chez vous…

— C'est bien ce que je disais : ça fera quand même rentrer des impôts.

— Là encore il sera prudent de bien faire vos comptes. Avant… pendant qu'il est encore temps.

Bertie brandit la carafe en appelant la serveuse.

— Encore une, Monsieur le Maire ?

— Vous croyez ? Enfin oui, quoi, si vous y tenez…

Ils attendirent d'être servis, regardèrent se dépolir les verres autour de leurs doigts qu'une agréable fraîcheur pénétrait.

— Et puis ça ne peut pas se faire comme ça. Vous ne savez même pas à qui le mas appartient, vous me l'avez dit. Si même il appartient à quelqu'un…

— Il appartient à quelqu'un.

Bertie marqua le coup.

— Vous le connaissez ?

— Je sais qui c'est.

— Comment l'avez-vous appris ?

— Par la voie normale. En partant du cadastre. Il y avait

deux héritiers, le frère et la sœur. Lui est mort. Elle n'a jamais cessé de payer la taxe foncière. Elle n'est jamais venue voir sa maison. Le foncier, vous savez, dans ce coin-là, c'est très peu de chose. Le Mas ne doit pas beaucoup l'intéresser.

— Vous lui avez fait savoir, pour les Hollandais ?

— Pas encore, mais il faudra bien. Celui qui est venu... vous avez dû l'apercevoir, l'autre jour ? Il m'a chargé de m'en occuper. Il m'a demandé de faire vite. Très vite.

— La propriétaire... elle a le téléphone ? Où habite-t-elle ?

— Paris. Vous voulez son adresse ?

Il avait sorti son calepin, cherchait, de l'index, parmi un gribouillis de chiffres écrits dans tous les sens.

— Ah, voilà. C'est celui-là. Vous avez un crayon ?

La plaque de cuivre consciencieusement astiquée resplendissait dans le matin un peu blême de Londres. « CLAMPTON, CLAMPTON and JONES, solicitors ». Cynthia regarda s'ouvrir devant elle la porte étroite, violet d'évêque, qu'un nabot roux tirait à lui. Il tenait dignement son rang dans le festival des moustaches multicolores de la City. La sienne était d'un très beau fauve, qui allait en se dégradant progressivement jusqu'à d'agressives extrémités blond pastel.

— Lady Cynthia Devereux, annonça le nain avec une courbette.

Elle était attendue.

— Monsieur Jonathan Clampton va vous recevoir tout de suite.

Elle vit apparaître un assez bel homme dont l'allure sportive jurait avec le veston noir trop ajusté et un pantalon rayé dont le pli impeccable se cassait sur des guêtres de feutrine grise. Elle découvrit sans surprise le chapeau melon gris et le parapluie noir accrochés à une patère. Londres ne changeait décidément pas vite : c'était à la fois inquiétant et rassurant.

— Milady, prononça l'homme d'un ton affable, je suis

réellement heureux de l'honneur que vous me faites en me rendant visite. C'est un plaisir que vous nous mesurez.

— Vous m'avez appelée. Que se passe-t-il ?

— J'ai effectivement préféré vous informer de vive voix. Nous avons reçu la lettre que voici.

Elle reconnut immédiatement l'écriture familière et réprima un tressaillement.

— Sir Malcolm ?

— Lisez, milady, je vous prie.

« Je vous serais obligé de faire demander à mon épouse l'ouverture sur mes biens, dont je lui ai confié la gestion, d'un crédit de deux cent mille francs français. Je précise que cet argent est destiné à la réalisation d'une affaire immobilière très sérieuse. L'opération doit donc être considérée comme un placement. Je me verrai dans l'obligation, pour certaines raisons que je suis prêt à lui dévoiler, d'effectuer cette transaction sous mon nom personnel, mais je suis naturellement tout disposé à accepter les mesures que vous pourrez juger souhaitables en vue de préserver les intérêts de mon épouse : hypothèques, reconnaissance de dette, ou toutes autres formules (les solutions ne manquent pas) qu'elle et vous estimerez convenables.

Je vous serais reconnaissant de bien vouloir traiter cette affaire dans les plus brefs délais, me trouvant moi-même contraint de donner une suite immédiate à mon projet.

Veuillez je vous prie transmettre mes remerciements à lady Cynthia et l'assurer de mon plus profond attachement.

Malcolm Devereux ».

Avec un demi-sourire, Cynthia rendit la lettre.

— Je suppose qu'il n'y a pas d'inconvénient ?

M. Jonathan Clampton toussota. C'était une toux de circonstance, une toux de bon ton, discrète et embarrassée. Lady Cynthia haussa les sourcils :

— Il y en a un ?

— Je le crains, Madame. Je redoute en effet que nous ne puissions répondre favorablement à la demande de lord Devereux.

— Vous me surprenez : ce n'est pas une telle somme !

— Ce n'est pas non plus une somme négligeable, milady. Vous avez récemment acquis un domaine en France. J'ai alors cru devoir attirer votre attention sur le fait que cette dépense absorbait la totalité de vos disponibilités. Nous avons même dû, si vous vous en souvenez, vendre certains titres et de ce fait rogner sur la source habituelle de vos revenus. Vous m'avez alors répondu que cette mise de fonds constituait un capital susceptible de donner naissance ultérieurement à d'importantes ressources. Il ne m'appartient naturellement pas de porter un jugement sur votre train de vie, chère Madame, et je me garderai bien de le faire, mais celui-ci est... comment dirai-je ?... important, lady Cynthia, très important. Il convient de ne pas oublier non plus les intérêts très lourds que nous devons servir chaque année en couverture des hypothèques qui grèvent les propriétés Devereux.

— J'entends bien. Mais deux-cent mille francs français ! Seulement deux-cent mille francs, c'est une paille ! Ne peut-on, à défaut de liquide immédiatement disponible, emprunter, ne serait-ce qu'à court terme, le temps que les investissements que vous venez de rappeler me rapportent de quoi rembourser ?

Le digne homme secoua la tête avec affliction : « Hélas ! madame, il faut regarder les choses en face : nous sommes parvenus à un point tel qu'aucune nouvelle hypothèque ne saurait être consentie. Ou alors... »

— Ou alors ?

— Il faudrait vendre. Mais à qui ? Et dans quelles conditions ? Que nous resterait-il en fin de compte, et dans quel délai ?

Elle sursauta.

— Vendre ? Vous êtes fou ! Les terres Devereux, ce n'est pas seulement le patrimoine, c'est le nom — et le titre ! Vous savez mieux que personne dans quelles conditions mon mari a renoncé à sa fortune en mettant tout sur ma tête. J'ai accepté cette responsabilité. Je ne vais pas me soustraire aux obligations qu'elle comporte. Vendre ? Il n'en est pas question.

— Et vos biens en France ? Votre maison ? Et vos nouvelles acquisitions ? Peut-être, s'il en est temps encore, serait-il sage de renoncer à vos projets, ou du moins à certains d'entre eux. Etes-vous certaine qu'ils tiendront leurs promesses ?

— Il n'en est pas question non plus, trancha-t-elle sèchement.

— Ni d'emprunter sur vos biens en France, sur votre résidence là-bas ?

Le solicitor constata avec gêne qu'elle perdait de sa superbe. Il ne l'avait pas rencontrée souvent, mais il conservait d'elle l'image d'un bel animal racé, toujours prêt à se battre et ne se dérobant pas devant le combat. Elle baissa les paupières.

— Là-bas aussi, prononça-t-elle avec effort, j'ai tout hypothéqué. Au maximum.

— Dans ces conditions, conclut l'homme de loi après une courte réflexion, nous n'avons pas le choix. Nous devons prier lord Devereux de renoncer à son projet.

L'Anglaise se redressa.

— Il faut que vous me donniez son adresse.

— Vous savez que c'est impossible ! C'était une des conditions...

— Alors écrivez-lui ! Télégraphiez, faites ce qu'il faut. Il est indispensable que je le voie, que nous nous expliquions. Dans son propre intérêt.

L'homme de loi eut un geste résigné : « Je veux bien essayer... »

Elle se leva.

— Je rentre en France. Vous savez où me trouver.

Il prit un dossier sur son bureau, le lui tendit.

— J'ai fait préparer ceci. C'est un détail de vos comptes. Etudiez-les. Peut-être y trouverez-vous mieux que moi une idée de solution.

***

Adossé à l'aile de la voiture, Stephen déchiquetait à petits coups de dents rageurs l'herbe qu'il avait arrachée au bord du chemin. Furieux : il n'aimait décidément pas ce pays ramollissant, où l'air toujours trop chaud lui paraissait visqueux, chargé de senteurs violentes comme une courtisane orientale. Les plantes y exhalaient des parfums indiscrets, ouvraient des corolles équivoques évocatrices de filles nues, de seins offerts, de cuisses ouvertes.

Cynthia lui avait commandé de l'attendre : elle ferait à pied le reste du trajet. Il pouvait tout juste la deviner, faisant maintenant les cent pas auprès de cette espèce de vagabond aux gestes précieux avec qui elle semblait s'être lancée dans une discussion sans issue. Interrompue par de longues coupures pendant lesquelles ils marchaient songeurs, d'un pas accordé, les lèvres scellées, comme des gens qui se connaissent bien, à qui une longue intimité rend les discours superflus.

Quand il était petit, du haut du siège qui dominait la carriole de son père, Stephen s'amusait de voir le cheval et la jument attelés au même brancard, progresser dans une parfaite harmonie de pas et de mouvements. Leurs têtes se levaient ou s'abaissaient en même temps, dans un balancement parallèle. Parfois seulement l'une des deux brisait leur accord, se déportait vers l'autre comme par jeu, ou par taquinerie peut-être, le heurtait du museau avec un bronchement joyeux. Puis tout rentrait dans l'ordre. Un relent puissant d'écurie, de sueur animale, une exhalaison baibrune envahissait les narines du gamin, lui piquaient le nez, le saoulaient à demi. Une senteur vraie, forte, aux antipodes des effluves miellés que lui apportaient par bouffées les souffles impalpables venus de la campagne. Il se tournait à demi vers son père : « Fouette-les, p'pa, fais-les aller plus vite ! » Pour que ça sente plus fort encore, plus sauvage...

Un souvenir des temps heureux qui lui tombait dessus sans crier gare, à cause de ces deux-là qu'il voyait piaffer au loin, tellement dissemblables et pourtant, il le sentait d'instinct, si parfaitement assortis.

Il se surprit à les haïr : à cause justement de cette harmonie subtile qui émanait d'eux avec la même violence, la même évidence que la fragrance âpre-douce autrefois dégagée par les chevaux de son enfance.

Il était beaucoup trop loin pour comprendre ce qu'ils se disaient. Une seule fois, il entendit rire Cynthia. C'était un rire anormal, tout-à-fait inattendu chez elle et qui ne se renouvela pas : aussi violent et déraisonnable qu'un coup de cravache futile dans une eau morte. Un rire qui lui fit mal, tant il trahissait une complicité retrouvée.

Elle s'assit sur la murette, le dos vers la plaine, l'homme debout devant elle. Parfois il tendait le bras comme pour désigner quelque chose au loin. Alors elle se retournait à demi, mettait sa main en abat-jour au dessus de ses yeux et faisait de la tête un mouvement d'acquiescement.

Enfin elle se leva. Il voulut lui prendre le bras pour la raccompagner mais elle se dégagea avec douceur. Ils n'échangèrent plus dès lors que quelques brèves paroles. L'homme écarta les bras dans un geste qui signifiait apparemment : « Comme vous voudrez ! » Puis il lui saisit la main et s'inclina pour la toucher de ses lèvres.

Elle revint seule.

L'inconnu s'attarda quelques secondes à les regarder s'en aller. Il n'attendit pourtant pas qu'elle eût rejoint la voiture pour disparaître en direction de la maison.

Cynthia commanda : « Nous partons. Vous auriez déjà dû faire demi-tour. Qu'est-ce que vous avez fichu en mon absence ? »

Il attendit qu'elle fût montée, se retourna vers elle avant de mettre le contact :

— Qui était-ce ?

— Soyez tranquille, je vous le dirai. Mais pas maintenant.

— A votre aise, fit-il avec aigreur en tournant la clé de contact.

Le moteur ronronna. Cynthia, le front appuyé contre la vitre, regardait machinalement au dehors. Sans rien voir.

« Malcolm, épelait en elle une voix sourde. C'était Malcolm ! Je viens de voir Malcolm. Inimaginable ! »

Inimaginable surtout qu'il eût accepté.

(Sourire) « Serait-il possible qu'il m'aime encore ? »

Quelle question ! Quelle inutile et stupide question ! Qu'est-ce que cela pouvait modifier ?

« Vous n'avez pas changé ! » — « Vous non plus. » Ils n'avaient pas échappé au banal échange de phrases de circonstance. Pourtant c'était assez vrai. Il n'avait fait aucun effort de toilette pour la recevoir (l'aurait-il pu d'ailleurs ?). Ses vêtements n'avaient pas besoin d'élégance. C'est lui qui l'était, tout naturellement comme jadis, sous le jean et le polo déteints, mais propres. (Elle lui demanda, sottement : « qui est-ce qui lave vos affaires ? » — « Qui ? Mais moi, naturellement. Qui voulez-vous ? »). « Un type, songea-t-elle, à se présenter en slip devant la reine d'Angleterre et à lui baiser la main sans choquer personne ! ». Il avait éloigné tout le monde pour la recevoir.

Elle le trouva dehors, tourné vers les vastes espaces où il avait certainement repéré le nuage de poussière qui avait révélé son approche. Très gentleman-farmer. Incontestablement « propriétaire », à l'aise sur son domaine. Lorsqu'elle s'approcha de lui, il eut ce mot inattendu : « Voici donc enfin ce visage que j'avais, à coups de griffes, chassé de ma mémoire ! »

Surprise, elle s'entendit lui répondre :

— J'en ai porté les balafres toute ma vie.

Ça n'avait pas l'air vrai : comme des répliques de théâtre qu'ils se seraient lancées sans y croire. Il balaya le ciel (pastel ce matin-là) d'une main ailée.

— Merci de me l'affirmer, même si…

— Même si ?

— Même si.

Elle noua ses deux mains devant elle dans un geste qu'il reconnut pour lui avoir été familier. Il savait qu'aussitôt après elle arrondirait ses lèvres comme pour une ébauche de baiser.

— Nous n'allons pas recommencer, Malcolm ?

— Non, répliqua-t-il durement. Non, certainement pas. (Il ajouta, les yeux clos, les paupières serrées comme s'il les avait écrasées de ses poings) : Recommencer quoi d'ailleurs ? Et pourquoi ?

— Ce n'est pas ce que je voulais dire.

— Je sais. C'est moi qui le dis.

Elle se lança dans la digression comme on se raccroche à une bouée de sauvetage.

— Je ne suis pas venue pour cela.

— J'ai fait appel à vous. Vous ne vous êtes pas dérobée. Vous auriez pu. Je ne vous en aurais pas voulu, mais je vous remercie.

C'était lui tout craché : il avait tous les droits ; rien de ce qu'elle possédait (ou se donnait l'illusion de posséder) qui lui appartînt encore. Mais il fallait qu'il se donne le beau rôle, l'élégance du geste. C'était tout à la fois habile — et cruel : il la condamnait à prendre le contre-pied, à se mettre dans la peau de celui qui a des comptes à rendre, même si rien ne l'y contraignait. Aussi naturellement que le seigneur regagnant son domaine après une longue absence, lord Devereux s'apprêtait à entendre son régisseur lui faire son rapport de gestion.

— Je vais vous décevoir, murmura-t-elle d'une voix contrite.

Son regard fuyait un peu.

— Pourquoi tout d'un coup ce besoin d'argent ? Vous voulez quitter cette maison, changer de vie, ou quoi ? Et pour aller où ? Faire quoi ? Ou alors, dois-je comprendre que vous avez décidé, tout bonnement, de redevenir lord Devereux ?

Elle plaidait le faux pour savoir le vrai. Une arrière-pensée surtout la tracassait : où était la femme ? Seule l'influence d'une femme… Non point qu'elle fût jalouse, (du moins s'y refusait-elle).

— Non, Cynthia. Cette maison, je veux la conserver au contraire. Pour cela je dois l'acheter. Sinon on me chasse.

Elle se décida à l'interroger franchement, y mit plus de brusquerie qu'elle n'aurait voulu :

— Vous n'êtes pas… seul ? Vous voulez (elle sentit jaillir d'elle-même un rire grêle, ridicule)… fonder un foyer ?

— Mon Dieu, Cynthia, qu'est-ce que vous allez chercher ?

— Alors je ne comprends plus : qu'est-ce que ce vagabond qui cherche à se fixer ?

— Il n'y a pas un clochard au monde (il est vrai que vous ne pouvez pas savoir, les ayant sans doute peu fréquentés) qui ne finisse un jour par trouver *SON* arche de pont, *SA* bouche de métro. Je vais vous faire une confidence : au début j'ai cru que ce serait facile, après cette nuit passée à tourner en rond avec une seule idée fixe : quand le soleil se lèvera, il faudra que ma détermination soit prise. Ma colère, mon mépris à l'égard de ceux qui, me sachant innocent, m'abandonnaient par lâcheté ou par intérêt politique étaient tels que je me décidai assez facilement. Que faisais-je d'autre que ces Hindous que nous avions connus et qui, poussés par des mobiles sans doute plus nobles, n'en abandonnaient pas moins situation et famille pour aller chercher au hasard des routes du Deccan la voie de leur illumination ? Cet état de grâce m'accompagna jusqu'à mon débarquement en Europe. Mais là l'équilibre se rompit. Cela même que je recherchais, cette rupture avec le passé, lorsqu'elle se produisit et que je me retrouvai seul et égaré dans un pays où je ne connaissais personne, devenu « l'Étranger », me plongea dans un désarroi très angoissant. Peur de quoi ? Pas de mon dénuement : je l'avais voulu et, en bon Anglais raisonnable, j'en avais limité le risque par cet envoi que vous deviez me faire chaque mois d'un pécule rassurant. Pas de mourir non plus, (je n'en étais pas encore là, Dieu merci !) ni même de ma solitude qui ne m'a jamais pesé. C'était autre chose : la bulle dans laquelle je m'étais enfermé venait de crever et m'abandonnait, flottant pour ainsi dire dans un vide anxieux : je côtoyais des foules, pénétrais dans des échoppes et en ressortais, m'attablais à une terrasse, je n'avais même plus le souci de m'inquiéter d'un abri pour y passer la nuit, un repli herbeux, une pierre contre un mur faisaient l'affaire, l'hiver était encore loin et je n'avais aucune inquiétude à avoir de ce côté-là. J'allais et venais sans but dans la ville grouillante mais chacun de mes itinéraires me ramenait en fin de compte sur le port. J'y restais des heures à prêter l'oreille au clapotis de l'eau contre le flanc des bateaux à l'amarre, à la regarder se mouvoir sur place, porteuse d'une affreuse croûte de détritus de toutes sortes. Puis je me retournais : des gens pénétraient dans les restaurants, une odeur de poisson frit et d'ail s'échappait des gargotes, le pastis embuait les verres : tout ce que j'avais pu aimer, rechercher et dont, — tu t'en souviens, (en français, il s'était mis tout naturellement, étrangement, à la tutoyer) — j'avais si merveilleusement joui en ta compagnie, heureux de te faire découvrir mille petits bonheurs inconnus de la vie anglaise. Mais j'étais seul, la joie des autres m'était étrangère, elle m'irritait presque. Tu sais ce que nous racontait le vieux Sadhou, à Darjeeling ? « Le vrai bonheur ne réside pas dans la poursuite, et encore moins dans la satisfaction des désirs. Tout désir, tout attachement est générateur de souffrance : souffrance de ne pas l'atteindre, souffrance de le posséder, souffrance de le perdre. L'absence de désirs est le secret du bonheur ». Moi, j'étais là, ne souhaitant rien, n'ayant rien, ne regrettant rien, mais le bonheur n'était pas au rendez-vous. Je faisais la découverte du désœuvrement et j'en étais terrifié.

Je compris très vite qu'il me fallait quitter la ville. Je me mis en route un jour en fin d'après-midi. Je longeai d'abord interminablement une voie de tram qui n'en finissait pas de traverser des banlieues sinistres, des rues bordées de maisons délabrées, où béaient des fenêtres noires. Il s'en échappait des cris de femmes, des rengaines de télévision, des braillements de berceaux. Un bras nu en émergeait parfois pour vider sur le trottoir une cuvette d'eaux grasses.

Les habitations s'espacèrent mais la campagne n'apparaissait toujours pas. Des blocs d'immeubles étaient posés çà et là dans la plaine kaki, comme des îles blanches au flanc desquelles frissonnait un pavois de sous-vêtements fraîchement lessivés. Des usines, éparses tout autour, ressemblaient à des paquebots perdus. Ce soir-là je dormis à l'abri d'une halte d'autobus. Deux gendarmes me réveillèrent au petit matin pour me demander ce que je faisais en cet endroit. Je répondis : « Vous voyez bien. J'étais fatigué, je me suis endormi. » Ils voulurent voir mes papiers et contrôlèrent l'argent que je possédais. Ils me laissèrent repartir en m'avertissant : « Faites attention, désormais. » Je ne demandai pas à quoi. Je nageais dans l'absurde.

Je fis du stop.

Un camionneur me prit en charge. Il me laissa sur le bord de la route, pas tellement loin d'ici mais plus bas, dans la vallée, un peu avant le village. Pendant tout le trajet il ne fit que me parler des filles qu'il lui arrivait de ramasser au hasard de ses itinéraires. « D'habitude elles planquent leur gars derrière un buisson. Quand on s'arrête il rapplique avec le barda ! et quel barda ! Heureusement qu'on a l'œil. Y en a des chouettes ! En général elles sont pas trop difficiles. On a à peine besoin de leur demander. Elles font ça plus facilement que de payer un ticket de métro. Bien sûr c'est pas toujours marrant. Y a celles qui puent quand même un peu trop et d'autres, alors là ! de vraies connes ! Elles se sont proposées et tout, et dès que… bon ! elles se mettent à gueuler au viol ! Et puis y a les maladies… » Il se concentra quelques minutes sur sa conduite, le temps de doubler un semi-remorque. Pour finir il conclut en soupirant : « C'est pas facile, m'sieur, croyez-moi, not'boulot ! » Je le quittai en lui serrant la main : « chacun a ses problèmes, vous savez ! » Il me regarda partir comme à regret. Je n'avais pas prononcé trois phrases. Il était heureux d'avoir rencontré quelqu'un de compréhensif et d'intelligent : j'avais bien su l'écouter.

Je m'arrêtai à la boulangerie dont pour la première fois j'entendis carillonner les cinq tubes de cuivre pendus au-dessus de la porte. Il me restait une boîte de rillettes que j'ouvris au bord d'un ruisseau, celui-ci, tenez, celui-ci justement que vous voyez couler au pied de la terrasse mais plus bas, à l'endroit où il a l'air de musarder avant de s'engouffrer sous le pont romain. Paysan libre jusqu'à cette arche, il ressort de l'autre côté canalisé entre deux rives de béton, citadin policé. Il n'a que le temps de se faufiler entre les premières maisons, d'y récolter une ou deux giclées d'eaux-vannes, avant de se trouver précipité dans l'énorme tuyau de ciment qui conduit aux égouts.

Le lendemain j'arrivai ici. Le cantonnier, rencontré en route, m'avait indiqué le coin : « Vous pouvez y aller sans crainte. Il n'y vient jamais personne. C'est bien dommage : elle est encore bonne, la baraque ! Elle ferait plaisir à bien des gens. »

Ses dimensions, son aspect de petit château m'effrayèrent. Je ne me voyais pas vivre seul là-dedans. Je retournai à Toulon. Quelques jours plus tard, j'y faisais la connaissance de Josiane et de son compagnon.

— Stephen ! appela Cynthia.

— Oui ?

— Ne retraversez pas la ville. Prenez tout de suite l'autoroute, voulez-vous ? Nous nous arrêterons n'importe où quand la nuit tombera.

— A Lyon ? Vous ne voulez pas rentrer ce soir ?

— Non. Surtout pas à Lyon.

Il lui tendit une brochure des « Relais de Campagne ». Elle repoussa sa main : « Choisissez vous-même, ça m'est égal. »

Elle se sentait nerveuse et se le reprochait. Le souvenir de Malcolm l'obsédait : l'aimait-elle encore ? L'avait-elle aimé ? Que lui avait-elle trouvé ?

Aimer, ça voulait dire quoi ?

Une supposition qu'il l'ait prise dans ses bras tout-à-l'heure au lieu de lui baiser la main comme à une douairière ? A quoi bon ? Il ne l'avait pas fait. Comment eût-elle réagi ? Il lui avait dit, apparemment sincère : « Vous êtes toujours aussi belle ! » (Et ça m'a fait plaisir ! Suis-je sotte !) Le pensait-il ? L'ennui avec les gens trop bien élevés c'est ce don qu'ils ont de donner à leurs mensonges la couleur de la vérité. Elle se rassurait en se répétant que lui non plus n'avait pas vieilli... ou si peu ! Et en mieux, comme beaucoup d'hommes. Plus mâle, plus fort. Alors pourquoi pas elle ?

— Qu'est-ce que ça peut bien me faire après tout ? Je n'attends rien de lui.

Mais lui attendait d'elle quelque chose. Et elle ne se reconnaissait pas le droit de le décevoir.

Gontran-Eudes chevauchait.

Au petit trot ; de temps à autre il tapotait l'encolure du cheval. Il aimait sentir couler sous sa paume le cuir luisant et doux, humide d'une transpiration moite. Un sang joyeux et vif courait dans les veines du baron. Il se sentait vingt ans.

— Tu ne fais pas ton âge, toi non plus !

On eût dit que Bellérophon l'avait compris. Il agita sa crinière, souffla à deux reprises, à pleins naseaux. Inutile de le diriger, il avait pris l'habitude du chemin, heureux de sortir plus souvent qu'autrefois. Le cavalier serra les genoux, claqua la langue : on était parvenus au bord de l'étang, qu'il était agréable de longer au galop. Un vol de canards s'effaroucha, battit des ailes à la surface de l'eau, traça un large cercle au-dessus du faîte des chênes puis, rassuré, revint se poser. Une aigrette, après les avoir observés avec curiosité, regagna l'abri des roseaux.

Chaque jour, souvent même deux fois par jour, le hobereau se rendait à Crèveloup. Les poches bourrées de sucreries. Les petits pensionnaires le guettaient, entouraient le cheval, piaillant et tournoyant comme une couvée de poussins à l'heure de la pâtée. Il fronçait des sourcils terribles, faisait mine de les menacer de sa cravache, ce qui les faisait égailler avec des cris et des rires. Ils tournoyaient, revenaient, comme tout-à-l'heure les canards du marais. La distribution terminée, ils retournaient à leurs jeux, la joue gonflée par les caramels qui leur collaient aux dents.

La seule chose qui chagrinât Gontran était l'impossibilité de connaître chacun d'eux : ils restaient trop peu de temps. Certains, qui étaient arrivés maigres et souffreteux avaient besoin de quelques semaines pour retrouver, avec la santé revenue, le goût de s'amuser. Un seul d'entre eux était là presque depuis le début. Ses yeux très noirs, démesurés, brillants, se logeaient comme ils pouvaient derrière ses paupières bridées.

Un front trop large, surmontant une frimousse triangulaire, donnait à sa tête la forme d'un énorme bouchon de pêche. Ses lèvres, menues et roses, semblaient avoir été tracées et peintes par un miniaturiste chinois. Il lui arrivait de sourire. De rire, jamais. On l'avait appelé « Boy », faute de mieux. A la question de Gontran : « d'où vient-il ? », Cynthia avait répondu : « c'est un petit bengali. »

— Mon Dieu ! s'était attendri Gontran en étreignant le gamin, comme ça lui va bien ! Quelle chance tu as ! Un petit oiseau, le plus flamboyant petit oiseau du monde ! Il l'éleva au-dessus de lui à bout de bras, dans le soleil. « Regardez-le, Cynthia ! Pailleté de lumière ! »

Lorsqu'il l'eut reposé par terre le gamin s'éloigna, sautillant d'une patte sur l'autre. « Quel dommage ! quel grand dommage ! » L'enfant claudiquait. Sa jambe gauche, nettement plus courte que la droite, semblait tordue.

— Oui, je me demande bien ce que nous allons en faire, dit pensivement l'Anglaise. Personne n'en voudra.

Boy s'était pris d'affection pour le baron. Il sautillait dans ses jambes comme un faon maladroit, insinuait sa petite main satinée entre les doigts osseux de Gontran. Ils devinrent vite inséparables.

Un jour, timidement, le baron se hasarda à poser à son amie la question qui le tourmentait : « Si personne n'en veut, comme vous le dites, pourquoi ne l'adopterais-je pas ? » Il fut surpris de la vivacité avec laquelle elle lui répliqua : « Vous n'y pensez pas ? Vous savez ce que ça coûte ? » — « Alors, répliqua-t-il, légèrement agacé, pourquoi pas vous ? »

— Vous ne vous figurez tout de même pas que je vais me mettre à recueillir tous les petits laissés-pour-compte qui nous restent sur les bras ?

Gontran était ce matin-là d'humeur ergoteuse :

— Tous ? Quoi, tous ? C'est le seul qui soit dans cet état.

Elle se retourna vivement vers lui, presque agressive :

— Que voulez-vous dire ?

— Je veux dire que les autres, lorsqu'ils arrivent, peuvent être maigres ou avoir besoin de soins mais que Boy est le seul... (il buta contre le choix du mot, finit par s'y résoudre) : contrefait.

— Mais mon cher, répondit-elle soudain radoucie, que croyez-vous ? Nous devons être réalistes : si nous acceptions tous les enfants tarés ou difformes qu'on nous propose, notre œuvre ne tiendrait pas six mois ! J'ignore ce qui a pu se passer pour Boy, mais il n'aurait jamais dû être sélectionné pour venir ici.

Elle s'interrompit pour le dévisager avec un petit air de commisération tendre qui le dérouta.

— Je vois bien que vous ne me comprenez pas, poursuivit-elle avec effort. Aussi faut-il que je vous explique : je me suis donnée passionnément à cette entreprise de récupération d'enfants perdus. Ce que nous faisons est misérablement petit au regard de tous ceux qui attendent un peu partout, dans des camps, et qui ont tout perdu, leur santé, leur famille, jusqu'à leur nom et pour certains, après ce qu'ils ont vu et subi, l'espoir de retrouver un jour leur joie de vivre. D'autres organisations semblables à la nôtre existent, réparties dans le monde entier. Beaucoup trop peu nombreuses, vous l'imaginez bien. Or personne ne nous aide, ou si peu. J'ai engagé dans cette aventure tout ce dont je disposais. Vous en êtes le gérant, ne l'oubliez pas : vous avez droit aux chiffres, je vous les fournirai.

Elle se planta devant lui, lui serra durement le poignet :

— Plus j'en vends, plus vite je les vends, plus vite je peux en recueillir d'autres... et plus j'en sauve.

Il crut avoir mal compris.

— Que dites-vous ? bredouilla-t-il, plus vous « quoi ? »

— Plus j'en *vends,* Gontran-Eudes ! Etes-vous tellement naïf ? Qu'avez-vous cru ?

— Vous voulez dire que ces petits... vous... vous les vendez à des gens ? Qui vous les *achètent ?* Mais à qui, bon Dieu ? Pour quoi faire ?

Elle relâcha son étreinte.

— Oui, je les vends, et le plus cher possible, parce que plus je les vends cher, plus je peux en acheter d'autres. Mais rassurez-vous, je ne les vends pas à n'importe qui et, plus cher on me les paye, plus je suis assurée qu'ils tombent en de bonnes mains.

Il s'assit.

— Allons, cria-t-elle, ressaisissez-vous, que diable ! Vous êtes tout pâle ! Il n'y a pas de quoi !

Il avait pris sa tête dans ses mains et la secouait en bégayant : « Comme une marchandise... tous ces petits... comme des bêtes ! »

Elle se laissa tomber à côté de lui, passa un bras autour de ses épaules : « mais non, pas comme des bêtes ! Comme une marchandise, je veux bien, mais la plus précieuse des marchandises ! » De sa main restée libre elle entreprit de caresser ses cheveux avec douceur, releva une mèche qui s'en était échappée.

— Un de ces jours, je crois bien que je vais vous vendre par mégarde, vous aussi. Vous êtes le plus enfant de tous ! Voyons, Gontran, je n'ai tout de même pas fait de vous un marchand d'esclaves ! Vous n'êtes pas crédule à ce point, ne pouvez-vous pas essayer de comprendre ?

Il releva la tête.

Boy se tenait dans l'ouverture de la porte. Leur attitude l'avait intrigué et il s'était immobilisé, n'osant plus avancer.

— Boy, appela Cynthia de sa voix chantante, viens vers nous, Boy, viens !

Le visage de l'enfant s'éclaira et il courut se réfugier entre eux deux.

— Qu'est-ce qu'il a eu ? demanda Gontran. Pourquoi est-il… comme il est ?

— Je vous ai déjà dit que je n'en savais rien. Probablement un éclat de grenade — ou une mine. Rafistolé à la diable. Du travail bâclé. Encore bien joli qu'on l'ait opéré.

Gontran-Eudes prit le gosse par les épaules, dirigea vers Cynthia un regard implorant :

— N'allez pas le vendre trop vite, celui-là !

— Je vous le promets, dit-elle en se levant d'un bond. je vous le promets solennellement.

C'est à cette conversation qu'elle songeait en regardant la nuit envahir l'autoroute. Ils s'étaient arrêtés pour faire de l'essence, et elle en avait profité pour s'installer à l'avant, à côté de Stephen, qui n'avait pas marqué le coup. Il conduisait vite, mais avec une souplesse et une sûreté rassurantes. A leur gauche, la ligne brisée bleu-foncé des collines glissait sur un émail mordoré. Les voitures avaient allumé leurs phares qui s'offraient tout au long de l'A 7 une retraite aux flambeaux saugrenue.

Gontran-Eudes ! Jour après jour elle le découvrait. Elle s'était progressivement attachée à lui sans arrière-pensées, mais à un Gontran-Eudes tout nouveau que rien, ou presque rien ne paraissait rattacher à son compagnon de Lahore. Il l'attendrissait. Dans le fond sa démarche, au retour des Indes, n'avait pas été sans une certaine analogie avec celle de Malcolm : une sorte de démission, qu'on le veuille ou non. Mais dans l'un comme dans l'autre cas une démission exclusive de toute lâcheté. Jamais elle n'aurait imaginé Gontran aussi fragile. Pur et fragile. Faible. Après tout, c'était peut-être la caractéristique des hommes d'être faibles ! « Moi, en tous cas… » se dit-elle non sans fierté. Elle, la femme forte ? Semblable à celles dont parle l'Ecriture ? Vraiment si forte ?

Elle comparait.

C'était Malcolm, les cheveux au vent sur la terrasse du « Mas », pressé de lui parler dans le court laps de temps qui leur était imparti. Malcolm heureux de tenir l'aubaine inespérée d'une confidente sans impatience : un puits attentif où enfouir une partie de ses souvenirs, comme Midas, mais un puits sur lequel aucun roseau bavard ne pousserait jamais.

« On n'est jamais totalement libéré », lui avait-il avoué.

Il expliqua, en bousculant un peu les mots pour avoir le temps de tout dire : ça le prenait à l'improviste ; il suffisait qu'une croupe de montagne, en se détachant sur le ciel en bosses arrondies, évoquât le dos d'une croupe d'éléphant, qu'un nuage s'effrangeât, multicolore, et lui rappelât l'envol d'un sari, pour que la tempête se déchaînât sans avertissement. Des visages qu'il croyait à jamais oubliés s'imposaient à lui, un irrépressible attendrissement lui avachissait l'âme, une sotte envie de déverser sur lui-même et sur les autres des larmes parfaitement superflues. Il pressait alors le pas, se mettait presque à courir, comme si le vent qui fustigeait son visage avait acquis le pouvoir de lui lessiver le cerveau. Puis il s'arrêtait, tournait en rond, écrasait de ses pas les buissons d'épineux, finissait par s'agenouiller pour observer un scarabée sacré roulant son globe de boue solaire parmi les aspérités du sol. Pauvre Sisyphe ! Si proche, si pareil ! ou bien c'était une mante religieuse, épouvantail céladon aux mains jointes, charmant, d'un frémissement meurtrier de sa voilure, le mâle mystifié qu'elle s'apprêtait à combler et à dévorer en plein rut.

Malcolm livré, sans boules Quiès, au chant de toutes les Sirènes.

Gontran n'était pas mieux protégé. Sur lui aussi la nostalgie du passé agissait à plein. Plus subtile, issue de racines plus profondes. Le passé de Malcolm lui appartenait en propre, il l'avait directement façonné ou subi. Celui de

Gontran était encombré de fantômes ; c'était un passé en forme d'arbre généalogique, qui étendait au dessus du dernier descendant des la Roche-Cervières l'ombre de ses branches mortes au bout desquelles cliquetaient des feuilles rouillées, gravées de noms à demi-effacés, un arbre aux pendus qui rappelait l'autre, le vrai, l'orme du parc. Certains de ces fantômes s'efforçaient de survivre à travers leurs portraits accrochés aux murs de la bibliothèque : leurs yeux fiévreux se braquaient sur lui, le suivaient à travers tous ses déplacements. Une même grimace figeait leurs lèvres, scellées sur d'incommunicables messages. C'est pour eux finalement qu'il s'habillait naguère encore pour le repas du soir, pour eux qu'il avait ressenti la vente de chaque parcelle du domaine comme un lambeau de chair arrachée. C'est eux qu'il trahissait en faisant sauter sur ses genoux l'enfant bancal au regard d'ange qu'un alizé cruel avait poussé jusqu'à lui depuis les extrémités du monde.

— Vous êtes bien silencieuse, remarqua Stephen.

— Vous n'êtes pas bavard non plus.

(Comme c'est bien elle, admira l'Américain : toujours sur ses gardes, prête à la contre-attaque !)

— J'ai cru que vous dormiez. Je vous aurais réveillée, si vous n'aviez pas le réveil aussi incisif.

— Où sommes-nous ?

— Pas très loin de la Hêtraie. Vous connaissez, nous nous y sommes arrêtés l'an dernier.

Il stoppa devant la demeure aux lignes sobres, qui ne manquait pas d'allure. Elle avait dû appartenir, un demi-siècle plus tôt, à quelque riche industriel, avant de devenir un hôtel de luxe. Une forêt touffue l'environnait.

Stephen abandonna aux grooms accourus la responsabilité des bagages. Puis il s'approcha de la réception, retint deux chambres contiguës à un grand lit chacune.

Ils furent seuls dans la grande salle-à-manger faussement Louis XIII. L'abat-jour de la lampe posée sur la table ronde les noya d'un halo rose.

Il lui faisait face. Elle leva les yeux sur lui sans pour autant cesser de chipoter un reste de saumon avec la pointe de son couteau.

— Une bulle de lumière…

— Quoi ?

— Je dis : nous sommes enfermés dans une bulle de lumière.

Il promena son regard autour d'eux, s'essuya les lèvres, répondit :

— C'est vrai. Je ne l'avais pas remarqué, mais vous avez raison, comme toujours. Une bulle de lumière, c'est tout-à-fait vrai.

Son ricanement, qu'elle ne connaissait que trop, fit mal à Cynthia : un pincement au cœur, fin et tranchant comme une coupure de rasoir. Il aggrava son cas :

— On se croirait dans une cloche à melons.

Que lui racontait-elle ? Longtemps elle avait voulu se persuader qu'il n'était que fort, que ça expliquait tout. Pouvait-on demander à un homme qui avait ces pectoraux-là, ces nodosités de muscles sur les bras, ce ventre plat où moussait un duvet revêche, ces hanches dures aux souplesses félines, d'avoir aussi la douceur, la finesse, et pour tout dire la féminité d'un autre qui eût été sensible et poète ?

— Il n'est que grossier, rien de plus. Excitant, mais grossier.

Elle se laissa couler, comme on se noie, dans l'iris anormalement dilaté des yeux de Stephen. Elle n'avait jamais su y résister. Sans doute n'y parviendrait-elle jamais.

— Peut-être, se dit-elle, peut-être est-ce que j'aime cette grossièreté-là.

Un jour, elle ne se rappelait plus à quelle occasion, il l'avait battue. Elle se revoyait, nue, l'observant à travers ses cheveux défaits qui lui balayaient le visage. Il avait conservé son pantalon. Elle l'avait vu retirer sans hâte la ceinture de cuir, la saisir par la boucle, la faire tournoyer une seule fois, lui en cingler le bas des reins. La douleur physique qu'elle avait ressentie fut moins vive qu'elle ne le redoutait. Mais un maelström d'émotions contradictoires avait déferlé sur elle. Elle se rappelait seulement s'être pris les reins à deux mains, avoir hurlé : « Ne refais jamais ça ! Tu as compris ? Jamais ! » Il avait haussé les épaules, jeté la ceinture sur un fauteuil, répondu sans élever le ton : « Si je veux ! » Puis il s'approcha d'elle :

— Maintenant, quitte-moi mon pantalon !

Elle s'était agenouillée pour lui obéir.

Au-delà de l'humiliation : foncièrement vaincue par cet homme qu'à l'époque déjà elle méprisait. Asservie, moralement sodomisée. Tout cela parce que… oui, au fait, pourquoi ?

Le repas tirait à sa fin.

— Café ?

— Non.

Il renvoya le garçon, repoussa sa chaise, s'approcha de Cynthia, lui prit le poignet, la fit lever.

— Qu'est-ce qu'il y a ? lui demanda-t-elle. Tu es pressé ?

— Pas toi ? Tu en crèves d'envie. Tu te figures que ça ne se voit pas ?

Ils parlaient français. Comme chaque fois. Parce que le français est une langue qui permet de se tutoyer.

***

8.

— Cynthia ! Cynthia ! qu'avez-vous ?

Elle frissonna. « Moi, je... Mais non, Gontran, qu'est-ce que... ? Qu'est-ce que j'ai ? Qu'avez-vous à me fixer comme ça ? »

Elle ricana. (Discrètement, comme il convient à une Anglaise qui fait partie de la gentry et veille à ne pas le laisser oublier.)

— Vous êtes à cent *miles* de moi, Cynthia !

C'était vrai. Qu'est-ce qui avait bien pu la pousser à se lancer dans ce stupide calcul mental ? Quelle importance cela pouvait-il avoir de trouver le nombre d'années qu'il fallait ajouter à son âge pour atteindre celui du baron ? Jamais une telle idée ne l'aurait effleurée « là-bas ». Leur différence d'âge n'avait compté à aucun moment. Sinon peut-être en intervenant comme un élément rassurant : les petits chaperons rouges ont toujours préféré les grands méchants loups aux louveteaux décoiffés et pataudds.

C'était elle après tout qui était venue le rechercher. En toute connaissance de cause. Bien plus : il avait littéralement rajeuni depuis le jour où elle avait, en quelque sorte, crocheté sa porte. Cynthia n'avait pas l'habitude d'analyser ses propres sentiments. Elle butait sur les événements sans surprise, s'y adaptait aussitôt et réagissait par instinct plus que par raisonnement. Cette méthode — si c'en était une — ne lui avait jusque là pas trop mal réussi. Pour l'instant elle démêlait assez mal quel intérêt la poussait à s'interroger sur les sentiments de Gontran-Eudes. Qu'il l'eût *intéressée* autrefois était un fait acquis. C'était du passé. La sympathie attendrie qu'elle lui vouait maintenant ne justifiait pas qu'elle se tracassât au sujet des états d'âme de son amoureux vieilli. Il était bien évident que de telles futilités ne l'eussent guère préoccupée si elle n'avait rien eu à attendre de lui. Elle n'était que trop consciente d'avoir tout fait pour susciter chez le baron un renouveau de tendresse.

— Je suis « dégueulasse », prononça-t-elle à voix presque haute. Le terme, assaisonné de son léger accent d'outre-Manche, se muait dans sa bouche en une câlinerie distinguée. Elle arrondit ses lèvres, une fois encore suça le mot comme une friandise : dé-gueu-lasse.

Avec une ébauche de sourire.

« Dég... » jusqu'au bout ! Rien de prémédité chez elle, pratiquement jamais, elle attendait l'événement, tout juste le temps de l'évaluer, et pan ! elle frappait. Et ça, pour taper, elle tapait juste ! (J'ai ma gueule de Lucifer une seconde avant la chute !) Elle avait aussi sur elle-même des flashes de clairvoyance impitoyables. (Lucifer, l'ange porteur de lumière, le plus beau, le plus pur, seulement voilà !) On s'absout comme on peut, même si pour cela il faut demander sa bénédiction au diable. Boy, avec ses allures de grenouille blessée, une patte s'étirant après l'autre, escaladait les genoux du baron. Elle avait poussé les choses jusque là, Cynthia ! Le moment propice recherché, jusqu'au bout calculé, réfléchi, combiné ! (Ai-je donc si peu confiance en moi seule, en mes capacités de persuasion ? Jouer sur l'involontaire complicité du petit boiteux, quel constat de défiance de moi-même !) La découverte d'une telle évidence l'eût, en d'autres temps — et d'autres circonstances — confrontée à un bien délicat problème. Dans le cas présent, non : l'enjeu primait tout. (Ma *raison d'Etat,* voilà c'est cela tout bonnement : *MA* raison d'Etat !)

— Il est adorable, susurra-t-elle. Sans oublier d'ajouter, attendrie et triste un peu : « Ne le sont-ils pas tous ? Ils n'ont pas mérité leur sort, hélas ! les pauvres chérubins ! »

Elle avait conscience de dire n'importe quoi. Et après ? Elle suivait son chemin, un peu honteuse sans doute du rôle qu'elle avait choisi de jouer, mais totalement résolue. Elle profita de ce que Boy, dont la joue s'était collée à celle du baron, glissait sa tête entre eux deux de telle sorte que ses propres boucles vinrent caresser le visage de Gontran-Eudes. Il eut le réflexe auquel elle s'attendait, un recul instinctif, aussitôt maîtrisé. Comme à regret.

— Oh, fit-elle, innocente : je vous demande pardon.

— Ne vous excusez pas, Cynthia, c'était très... agréable.

Elle dressa l'index :

— Gontran ! Vous êtes un coquin, Gontran !

Sa voix sonnait faux.

Boy, étranger à ces subtilités, les embrassait tour à tour. Par jeu : sa tête, dans un mouvement de plus en plus rapide, se tournait vers l'un puis vers l'autre, semant, au hasard, des baisers qui s'égaraient dans le vide en grésillements mouillés.

Gontran étreignit à deux mains le torse malingre, sentit rouler sous ses doigts, comme un émouvant clavier, les côtes trop saillantes.

— Va, lui dit-il, va t'amuser.

Pour toute réponse, Boy gonfla une lèvre boudeuse.

— Pourquoi, Boy ? Tu ne veux pas jouer avec tes petits camarades ?

— C'est jamais les mêmes, ils changent tout le temps, c'est pas drôle !

— Tu voudrais t'en aller, comme eux ?

L'enfant releva le menton, farouche :

— Non ! Je veux rester !

— Tu vois bien...

— Je veux rester avec toi et avec Mamita, tout le temps ! J'ai pas besoin d'eux, ni de personne. C'est vous deux...

— J'aime qu'ils vous appellent Mamita, dit Gontran-Eudes, attendri.

— Va maintenant, dit Cynthia à son tour. Allons, va.

Demi-nu, tout en tête et en pattes, le petit Mowgli s'éloigna. Bougon.

— Je suis assez ennuyée, Gontran, murmura Cynthia, et elle ajouta : très ennuyée, en fait.

Il lui prit la main, observa un court instant leurs doigts superposés puis, comme ses phalanges, allongées par-dessus celles de la jeune femme apparaissaient, par contraste, un peu parcheminées, il les retira.

— Qu'y a-t-il ? Si vous avez des problèmes... Il faut me le dire, Cynthia. Il faut tout me dire : vous pouvez, à moi. Si je peux faire quelque chose, n'importe quoi, vous savez bien…

— Si ce n'était que des problèmes…

— Bigre !

Il lui fallut faire un effort sur elle-même pour dominer la stupide émotion en elle dont elle discernait mal la part de remords ou de pitié qu'elle contenait. Comme toujours elle se domina. Très vite, cessant d'un coup de se tourmenter pour son vieil ami. Aussi bien sa décision était-elle prise. Depuis belle lurette. Simplement n'avait-elle pas prévu qu'au moment de parler, de LUI parler, ce serait si… difficile.

— Je suis obligée de revenir sur nos accords une fois de plus, dit-elle d'une voix douce. Je suis navrée, Gontran.

Il cessa de surveiller le petit groupe joyeux auquel Boy s'était maladroitement mêlé.

— Tout ici vous appartient, Cynthia. Pourquoi me demander un acquiescement qui vous est acquis ? !

Elle évita de parler de Malcolm, invoqua seulement les investissements auxquels il lui fallait faire face. « Ce ne sera que pour peu de temps. Tout est prévu pour que la… la vente des petits… (vous êtes au courant, je vous ai expliqué…) rapporte l'argent nécessaire pour rétablir l'équilibre. Mais ce n'est — malheureusement — pas assez. Je dois vous demander plus. Je le fais parce que vous êtes mon ami, mon seul ami. »

Lorsqu'ils se séparèrent, elle avait obtenu — aisément — le consentement de Gontran non seulement pour hypothéquer Crèveloup dont au surplus il lui rendait, en prêt, ce qui restait de l'argent qu'elle lui avait versé, mais aussi ce qui demeurait hypothécable de la Roche-Cervières. C'était sensiblement plus que le nécessaire, mais à tant faire elle avait préféré frapper un grand coup d'une seule fois plutôt que de devoir le « taper » encore plus tard. Qu'importait d'ailleurs puisque (elle en avait la ferme intention) elle lui rendrait le tout ultérieurement avec usure. Sa pensée s'envola vers Malcolm. Elle se surprit à l'envier. Elle l'évoquait, debout sur le seuil de sa maison provençale, les cheveux ébouriffés par un vent câlin. Une étrange nostalgie la saisit d'horizons libres, de parfums sauvages, de souffles marins venus de loin, de par-delà les plaines rousses, chargés de sel et d'iode.

L'automne avait barbouillé la forêt à grands coups de gouache jaune et rouge, faisant par contraste paraître plus fragile le feuillage vert-pâle des trembles et plus épaisse l'encre presque noire des sapins. Des effilochements de brume se faufilaient sous les halliers avec des grâces attardées. Gontran-Eudes retint le pas de sa monture : sur la rive opposée du lac une famille de cerfs s'abreuvait. Inquiets, ils dressaient leur tête à tour de rôle. Un hennissement de Bellérophon les mit en fuite. En trois bonds élastiques ils disparurent sous les branches. Le baron relâcha les rênes.

— Allons, morigéna-t-il en tapotant l'encolure du cheval, ce n'est pas bien : tu vois ce que tu as fait ?

Il regrettait l'absence de Cynthia. Elle ne l'accompagnait plus que rarement dans ses promenades. Il avait fini par donner l'ordre à Julien de monter Arabella chaque jour pour lui donner l'exercice nécessaire. Il ne l'autorisait pas à l'accompagner. Le palefrenier avait été remercié par mesure d'économie. (« Elle voit trop grand, elle refuse de m'écouter, je l'ai pourtant prévenue : elle voit beaucoup, beaucoup trop grand »).

Après avoir, au sortir du bois, rejoint la route qui aboutissait à Crèveloup, il dut à deux reprises se ranger le long des haies : la première fois pour laisser passer un car à demi rempli de gosses (« C'est comme ce véhicule, pourquoi l'avoir choisi si important ? ») la seconde pour éviter une Bentley qui sortait, trop vite, du portail. Il n'eut que le temps de distinguer le cache-poussière blanc du chauffeur, deux silhouettes épaisses sur le siège arrière et, écrasé contre la vitre, un visage d'enfant sur lequel deux yeux écarquillés et une bouche en O collaient trois pastilles rondes.

Sa joie, provoquée par le charme de la forêt traversée, le quitta. On était vendredi : il détestait le vendredi. C'était ce jour-là qu'en général les nouveaux « parents » venaient prendre livraison de leurs acquisitions. Il n'avait jamais pu s'y accoutumer : il avait beau se raisonner, se répéter que pour ces malheureux bambins l'avenir s'ouvrait — enfin — sous un jour inespéré, que non seulement ils étaient sauvés de la maladie et de la faim, arrachés aux horreurs que la plupart avaient connues, mais pour beaucoup d'entre eux promis en outre à un destin hors de proportion avec celui que leur avait réservé leur naissance, il ne pouvait pas se résigner à les voir négociés comme de vulgaires chiots.

Trois autres voitures attendaient, garées sur le parking réservé aux visiteurs. Il passa devant elles à pied, tenant Bellérophon par la bride. Dans l'écurie il s'attarda à le faire boire, à le bouchonner, à aérer la paille à grands coups de fourche, une manière comme une autre de retarder le moment où il lui faudrait ressortir, se mêler aux « clients » dont le vent lui apportait les bruits de voix par bouffées.

— Allons, grommela-t-il, je suis idiot, il faut y aller.

Il passa la main une dernière fois sur le museau humide du cheval et sortit.

Les petits pensionnaires avaient interrompu leur récréation. De semaine en semaine les gamins ne se ressemblaient pas : il y avait les nouveaux-venus, mais il y avait aussi ceux qui étaient partis, qu'on ne reverrait jamais gambader dans la cour parmi les feuilles de platane fauves qui patinaient sur le « gorrh » rouge. Pourtant le spectacle en luimême ne variait pas. Pas davantage les réactions des petits orphelins : comme si, sans même se connaître, ils s'étaient mystérieusement passé le mot. Leurs ébats, dès l'arrivée des premiers « acquéreurs », cessaient progressivement. Les enfants se rapprochaient les uns des autres, finissaient par s'attrouper dans un angle du terrain, toujours le même, et regardaient.

Regardaient.

Craintifs.

Ils en avaient connu d'autres, de ces rassemblements qu'ouatait un silence tendu, où chacun se sentait envahir par un mélange trouble de crainte et d'espoir. Dans les camps où ils étaient passés, ils avaient été dix fois, vingt fois, semblablement triés, choisis, désignés.

Pour le meilleur comme pour le pire.

Ils regardaient.

Ils regardaient leur destin s'élaborer sous leurs yeux : un destin en forme de couples, en forme de sourires ou de moues de dédain, en forme de chuchotements, de menaces qui ressemblaient à des promesses, de promesses lourdes d'angoisses et de déceptions.

Au choix ! Comme d'innocentes putains dans un salon crasseux, comme des veaux sur le marché, comme l'oiseau prisonnier qui volette et s'assomme aux barreaux de sa cage dans l'espoir d'échapper à la main qui le capture (et si c'est de la cage qu'il s'échappe, alors sa liberté, inexorablement, le tuera !) Mais comme aussi ce qu'ils étaient tout simplement, des enfants vingt fois perdus et jamais retrouvés, orphelins au point de ne plus croire qu'ils avaient jamais possédé un père et une mère, jeunes faons vidés de leurs certitudes, dégorgés de leurs espérances, offerts à l'étal les tripes à l'air, et malgré cela désespérément obstinés dans leur soif de confiance, pas tellement sûrs dans le fond, après tant de promesses et d'espoirs déçus, que *ÇA* pourrait quand même, enfin, leur arriver. La chance... leur chance... MA chance !

Très vite, au milieu d'eux, Gontran repéra Boy : il se tenait assis sur un mur bas, un bras passé autour d'une urne d'où pendaient les touffes roses d'un géranium-lierre. Une bouffée de bonheur inattendu envahit le cœur du baron. Reconnaissance de le découvrir autre, séparé « des » autres, ne se mêlant pas. Boy était le seul à sourire parmi eux tous. Ses yeux brillaient comme si le soleil les avait choisis, eux seuls, pour y déposer en pleine prunelle deux lumineuses étoiles. Gontran se retint d'aller vers lui : surtout ne pas troubler cette scène exquise, ne rien déranger, la laisser se prolonger le plus possible, jusqu'à essoufflement du possible...

Boy...

Le solitaire qu'il était s'émerveillait de pouvoir être, dans son tréfonds, le témoin unique d'une singulière naissance : celle d'un sentiment extravagant, aussi miraculeusement absurde que l'apparition d'une fleur qui, en plein désert, crève soudain une croûte stérile depuis des siècles. Jeune, il avait aimé les femmes — des femmes — sans jamais se sentir tenté par le mariage — encore moins par la paternité.

Quinteux, indisciplinés, braillards et trop souvent malfaisants, les enfants qu'il avait pu voir évoluer autour de lui l'amusaient rarement et l'exaspéraient souvent. A Darjeeling, les petits indiens qui emplissaient les rues de leurs jacassements et d'un capricieux désordre étaient généralement ravissants et l'eussent peut-être attendri s'ils n'avaient été harcelants comme des taons. Des nuages de taons.

Quel sort avait bien pu lui jeter ce frêle « native », ce ouistiti brun venu de l'autre bout du monde, que lui avait-il fait pour éveiller en lui de tels élans ?

Les « acheteurs » formaient trois groupes : deux couples plus un autre composé de quatre personnes, qui circulaient en s'ignorant. L'homme et la femme qui s'étaient arrêtés prés de Gontran frisaient la soixantaine. Bien mis, mais « pas de leur âge », avec une volonté évidente de se rajeunir, de faire « moderne ». Lui, un foulard de prix négligemment noué dans un blouson de sport, des pantalons à carreaux, une casquette ornée d'un énorme et affreux pompon rouge, elle un peu boudinée dans un jeans superluxe auquel ne faisaient défaut ni les franges artificielles ni la décoloration industrielle, mais elle avait jeté sur ses épaules une veste de visonnes sauvages.

— My God ! glapit-elle en battant ses mains surchargées de bagues qui jetaient des feux agressifs, comme ils sont choux ! on les voudrait tous !

— Un, gronda le mari. J'ai dit UN ! Pas davantage !

Elle glissa une main sous le bras de son compagnon.

— Je sais, darling ! Mais nous l'aimerons pour tous, tu ne crois pas ?

— C'est ça. Nous l'aimerons pour tous.

Il s'impatientait.

— Si tu choisissais, maintenant ? Jamais nous ne serons rentrés à temps.

— Ecoute, Freddy ! C'est une chose importante. Je ne peux pas prendre une décision comme ça, sans réfléchir un peu ! Nous le regretterions plus tard.

Elle se retint d'ajouter : « comme pour Bobby ! » Bobby-chien, qu'ils avaient dû faire piquer avant de partir en vacances parce qu'avec la gueule qu'il avait personne ne voulait s'en charger !

— Je t'ai prévenue : nous n'allons pas l'emmener comme ça, il y a des papiers à remplir, des signatures, sûrement un tas de formalités ! Tu as vu l'heure qu'il est ? Nous n'allons pas revenir tous les vendredis ! S'il y en a un qui te plaît, tu le prends. Mais tu fais vite !

Elle le lâcha avec un cri :

— Oh !

— Qu'est-ce qu'il y a encore ?

— Freddy ! Regarde là-bas, Freddy chéri ! Celui-là, sur le petit mur, à côté du vase !

Gontran sentit un flot de sang lui monter au visage. Sa main gauche soudain crispée sur la cravache qu'il tenait lui fustigea la cuisse, par trois fois. Il baissa les yeux sans comprendre, regarda sa main, puis la cravache : une brûlure lui griffait la jambe.

— Tu as vu ? criait la femme. Freddy, tu le vois ?

Le baron fit un pas en avant, tendit le bras, appela : « Boy ! Boy ! »

Le gamin leva la tête, le reconnut, poussa un cri de joie, sauta à bas de son perchoir.

— Regarde, dit encore la femme, il va venir ! Il vient !

Boy fendait la petite foule de ses camarades, les écartait comme on fait au milieu d'herbes hautes, réapparut, s'élança à travers l'espace libre qui le séparait de son protecteur.

La femme laissa échapper une exclamation désappointée. Celui qu'elle appelait Freddy se tourna vers elle, puis vers Boy qui accourait dans leur direction.

— Un boiteux ! laissa tomber l'homme. Tu ne voudrais pas d'un boiteux ?

— Mon Dieu ! gémit-elle. Mon Dieu, Fred, comme c'est dommage !

Le baron avait ramené ses deux poings devant lui : il serrait sa cravache à pleines mains contre sa poitrine, tellement fort qu'il sentit ses ongles pénétrer sa chair.

Insaisissable Cynthia !

Lorsque, un peu plus tard, Gontran-Eudes revécut cette période bouleversante et bouleversée, il ne sut trouver aucune réponse à l'énigme posée par le typhon Cynthia. Typhon était le mot juste : un souffle enivrant les annonce, après quoi ils balayent tout en quelques instants, indifférents aux dévastations qu'ils laissent derrière eux.

Elle n'avait pas tardé à déceler l'intérêt que son vieil ami portait à Boy. Elle s'était divertie, les premiers temps, du penchant que le baron éprouvait pour l'orphelin. A la longue elle s'en agaça puis, très vite, s'en irrita, attitude que Gontran ne comprit pas tout de suite. Lui-même analysait mal ce qu'il éprouvait. Célibataire endurci, il était mal préparé aux émotions de la paternité. Quant à Cynthia, l'amitié amoureuse qu'elle avait éveillée en lui le rendait incapable de toute analyse critique la concernant. Son cœur ressemblait à un de ces noyaux coriaces qu'on oublie dans un coin d'étable où ils finissent par sécher. Les années passent jusqu'au jour où quelqu'un les jette dehors d'un coup de pied : la première pluie venue les enfonce dans le sol, quelques semaines suffisent ensuite pour les faire germer. Un arbrisseau en sort, paradoxalement plus jeune que les arbres nés de fruits tombés à terre le même jour.

Lorsqu'il avait essayé de lui expliquer cela, elle avait beaucoup ri : « Que voulez-vous dire ? Prétendez-vous que je suis embêtante comme la pluie ? Ou dérangeante comme un coup de godasse ? »

— Ne faites pas l'innocente : vous me comprenez très bien. Et d'ailleurs j'adore la pluie sur mon visage.

Elle se fit provocante.

— Vous a-t-on jamais dit à quel point vous pouvez abuser de votre séduction naturelle ?

C'était souvent ainsi entre eux. Leurs répliques se croisaient, les réponses ne correspondant pas nécessairement aux questions, comme un jeu de tennis un peu farfelu qui les obligeait tantôt à monter au filet, tantôt à courir aux quatre coins du terrain pour rattraper la balle et la renvoyer au partenaire. Mais souvent, renonçant à tout effort pour se l'approprier, ils la laissaient s'envoler au-dessus de leurs têtes et se perdre au loin. Puis l'un ou l'autre, d'un geste de prestidigitateur, en tirait une autre de sa manche et, sans prévenir, l'envoyait d'un coup de raquette nerveux réveiller l'adversaire.

— Je me demande vraiment, lui avoua-t-elle un jour où ils discutaient des problèmes que lui posait la gestion de Crèveloup, je me demande pourquoi je me donne tant de mal — et pour qui ?

— Sans doute tout bonnement pour le plaisir de vous donner du mal. Faut-il encore que vous cherchiez des raisons ?

Elle répondit, sincère, qu'il y avait des moments où elle aurait aimé que ce fût pour quelque chose.

— Pour quelque chose, ou pour quelqu'un ?

Elle bondit sur ses pieds, lui cria qu'il l'agaçait avec ses questions. Il se fit humble.

— C'est que... j'aimerais tant vous voir heureuse, Cynthia.

Il ne s'attira qu'une réponse méchante :

— Qu'est-ce que ça peut bien vous faire ?

Il eut l'intuition que le moment était venu de parler. Sans doute devinait-elle tout de lui, mais n'était-ce pas à lui de faire le premier pas ? La crainte d'un refus trop brutal, la marée d'impossibilités qui déferlait entre eux : différence d'âge, de situations, le souvenir de Lahore (ah ! ce foutu souvenir, nom de Dieu !) le paralysèrent.

Ils s'étaient mis à marcher côte à côte. Comme si elle l'avait deviné, elle insinua, doucereuse :

— Vous ne me parlez jamais de vos amours ? C'est de la discrétion ou de la modestie ? Avec le charme que vous av...

— Aviez ?

— Idiot, « avez » ! Vous avez dû faire pas mal de ravages. J'aimerais savoir : les femmes sont curieuses !

— Que voulez-vous que la « vieille noix sèche » ait à raconter ?

Elle répliqua que ça ne lui allait pas de faire le modeste. Puis, sans transition, elle parla de Boy.

— Qu'est-ce qu'il vous a fait, ce gamin ? Vous en êtes entiché. Où voulez-vous en venir ? L'adopter ?

Il ne répondit pas directement.

— Cynthia, biaisa-t-il, vous n'allez pas être jalouse de ce gosse ?

Elle haussa les épaules :

— C'est pour vous que je dis ça. Un jour où l'autre il s'en ira. Si vous vous attachez trop, vous souffrirez. Je parlais d'adoption : c'est leur sort à tous, ici. En fait leur dernière et leur seule bouée de sauvetage. Vous ne pouvez pas grand'chose pour lui. Il a tout oublié ou presque : ceux qui l'ont recueilli aussi bien que ceux qui l'ont fait souffrir. Même ses parents : est-ce qu'il en parle, de ses parents ? Croyez-vous qu'il les regrette ? Qu'il lui arrive de jamais penser à eux ?

Elle avait un talent certain pour porter les coups qui font mal.

— Ça vous amuse, la cruauté ?

Elle répondit par ce rire particulier qu'il aimait et redoutait en même temps : un rire comme un cri, venu du fond de sa gorge et qui s'éparpillait en cascatelles ; (perles d'un collier brisé qui roule sur un sol dur). Une fois de plus il s'interrogea, dérouté par cette créature fascinante : qui était-elle ? qu'aimait-elle ? de quoi avait-elle peur ? Etait-elle parfois sincère ? Et alors, quand ?

Elle avait montré le même détachement, la même indifférence pour lui annoncer « que son prochain départ aurait lieu après-demain ».

Il la voyait encore s'absorber dans la contemplation de l'interminable étui d'ivoire à l'extrémité duquel elle vissait le bout doré d'une cigarette : un produit égyptien, comme personne en Europe n'en achetait plus et dont l'odeur de paille déshydratée et de miel était insupportable à Gontran. Elle lui jeta un regard oblique :

— N'allez surtout pas tousser : je vous le défends ! Vous ne me demandez pas où je vais ?

— Comme si vous aviez l'habitude de me tenir au courant de vos déplacements !

— C'est vrai, mais vous ne vous montrez pas très curieux non plus à leur sujet !

— Allons, poursuivit-elle en se penchant vers lui et en lui prenant la main, je vous taquine ! Vous êtes un authentique gentilhomme, Gontran-Eudes ! Discret ! Une qualité que j'apprécie chez vous : beaucoup. Mais je vous avais parlé de ce voyage. Je vous avais dit que ce serait en Inde.

Sa voix raucit un peu :

— Je vais à Odhpur, fit-elle, si bas qu'il se demanda s'il avait bien compris.

Il sursauta trop spontanément pour se ressaisir à temps : « Comment dites-vous ? »

— Rassurez-vous : je ne pars pas pour un safari aux souvenirs. Mais je vous étonnerai bien davantage en vous révélant qui je compte y rencontrer.

— Le sultan ? répliqua-t-il froidement. Mais pourquoi ? Vous êtes… c'est insensé !

— Savez-vous qu'il est devenu un personnage considérable ? Il a su, comme beaucoup de maharadjahs, conclure avec le gouvernement républicain un marché avantageux. Il est quelque chose comme colonel ou général dans l'armée indienne, sans compter les royalties qu'il touche et les intérêts qu'il a dans l'industrie. Son influence est énorme.

— Et parce qu'il a cette influence, vous allez vous humilier devant lui. Après tout ce qu'il vous a fait, à vous et à Malcolm !

— Je passerai par Lahore, précisa-t-elle avec un sourire.

Il donna un furieux coup de cravache dans les branches, au hasard, faisant voler un hachis de feuilles rousses.

— Vous exagérez, Cynthia, prononça-t-il sans élever la voix. Me permettez-vous de rentrer seul ?

Elle le retint. Ses doigts étaient durs, il lui sembla qu'un gantelet de fer lui meurtrissait le poignet.

— Vous devez m'écouter, Gontran. Nous ne nous sommes… je ne vous ai jamais tout dit.

A quoi bon ? Et pourquoi maintenant ? Qu'est-ce qui lui prouvait qu'elle allait être plus sincère cette fois-ci ?

« Et pourtant, elle m'attire. Elle me neutralise et elle m'attire. Sacrebleu ! »

Sa seule différence avec les serpents, c'était son regard. Celui des serpents est fixe, impitoyable et dur. Le sien se contentait d'être envoûtant.

— Savez-vous que j'ai vraiment cru que vous alliez m'enlever ? Je l'ai encore cru tout au long de cette nuit où… il ne s'est rien passé : où j'ai voulu que rien ne se passe. Vous n'avez pas compris qu'il s'agissait d'un stratagème pour vous forcer la main, vous obliger à me contraindre, à me prouver que vous l'aviez, votre sang de croisé dans les veines ! Vous êtes trop bien élevé ; Gontran-Eudes. Beaucoup trop bien élevé !

Se moquait-elle ?

— Que me voulez-vous encore ? gémit-il. Ça vous amuse tellement de vous jouer de moi ?

Elle ne répondit pas directement.

— C'est moi qui aurais dû le faire. Je ne l'ai réalisé que plus tard : entre nous c'était le monde à l'envers. Nous aurions été chacun dans notre rôle : moi en ravisseuse, vous en amoureux séduit, attendrissant avec vos grands cils et vos joues roses ! Savez-vous que je l'aurais peut-être fait s'il n'y avait pas eu cet… incident entre le sultan et mon mari ?

— Vous racontez n'importe quoi !

— J'étais la maîtresse du sultan.

Cette fois il éclata de rire :

— Cynthia, arrêtez-vous ! On dirait de l'Eugène Sue !

Elle redit, posément, en appuyant sur les mots :

— J'étais la maîtresse de Muhammad.

Puis elle ajouta, sardonique :

— Il s'en passe des choses, vous ne croyez pas, dans les garnisons de Sa Majesté ?

Elle avait décidément l'art de tout embrouiller. Elle paraissait agir comme une folle, et c'était bien la personne la plus équilibrée du monde. Affabulait-elle ? Mais pourquoi ?

— Si c'est vrai, répliqua Gontran, permettez-moi de vous dire que je n'avais peut-être rien compris à l'époque, mais maintenant encore moins. Et surtout pas ce que moi, Gontran-Eudes, je viens faire là-dedans ?

— Cela correspondait à une époque où je n'aimais pas mon mari, poursuivit-elle paisiblement. Enfin plus… ou provisoirement plus (cette réminiscence eut le don de la faire rire). J'étais au courant, bien entendu, et depuis pas mal de temps, de son aventure avec la Sultane : Malcolm est incapable de cacher un secret. A moi en tous cas : comme beaucoup d'Anglais, il est sujet à des rougeurs qui ne trompent pas. Il en était tellement fou, il avait à ce point besoin de parler d'elle à quelqu'un que je n'ai eu aucune peine à le confesser : un vrai collégien ! Nous avons parcouru ensemble un bien curieux itinéraire. (Vous voyez, moi aussi ça me fait du bien de me raconter !) Mariés indifférents après la classique période où l'on ne repère plus bien les limites entre l'attrait sensuel et l'amour-amour, nous sommes devenus à cette époque de merveilleux camarades (faut-il dire complices ?). Une fois séparés…

Un assez long silence, qu'il n'osa pas troubler, interrompit son récit. Elle tirait de sa cigarette des bouffées courtes et pressées, absorbée dans la contemplation de la cendre prête à tomber. Lorsque celle-ci se fut détachée elle parut délivrée et poursuivit sur le même ton :

— Une fois séparés, sans doute sommes-nous tombés — retombés — amoureux l'un de l'autre. (Enfin peut-être : je ne sais pas vraiment ; je ne sais pas encore. C'était comme un charme suspendu sur nous mais dont nous redoutions qu'il vînt à se dissiper le jour où nous recommencerions à vivre ensemble).

Elle se retourna vers le baron, presque agressive :

— Après tout, avouez-le, ce qui vous épate, c'est le Sultan ? Cela vous choque, tout français que vous êtes, le « native » et moi ? La sultane et Malcolm, ça ne vous gêne pas : normal ! Un officier de l'armée des Indes avec une musulmane, pourquoi pas ? A condition bien entendu que ça ne dure pas, surtout qu'il n'aille pas nous la ramener en Angleterre ! (je sais, je sais, vous n'êtes pas Anglais, mais c'est tout comme : vous êtes encore plus que nous ligoté par vos traditions, alors pas de leçons, s'il vous plaît !). Ça vous étonne que moi j'aie voulu lui en donner une ? « Tu t'envoies la houri ? Pourquoi pas, moi, le circoncis ? »

Il aurait voulu la faire taire. Pourquoi cette vulgarité, cette exhibition si éloignée de sa vraie nature ? Ce masochisme ? Car enfin c'en était : elle se flagellait devant lui, se faisait mal avec une sorte de provocation jubilante.

Sa cigarette tomba. Elle l'écrasa du pied, replia son fume-cigarette, le glissa dans son sac, continua sur le ton de la conversation mondaine :

— Muhammad faisait convenablement l'amour ; je ne lui ai jamais rien demandé d'autre. Lui pas davantage. Ce dont il souffrait sans doute le plus était de pas pouvoir proclamer sa conquête, m'exhiber, au vu et au su de tout le monde, comme son esclave blanche ! Quand il a su ce qu'il y avait entre mon mari et sa femme, il s'est senti deux fois bafoué et bien entendu ce fut terrible. Voilà, Gontran, vous savez tout maintenant.

Il fit une moue d'enfant contrarié.

— Moi ? Vous savez bien que je ne sais rien !

— Alors dites-moi. Je vous expliquerai peut-être.

— Moi ? insista-t-il avec une sorte de rage. Vous expliquez tout, n'est-ce pas ? Vous racontez tout et je suis bien obligé de vous croire. Mais moi là-dedans, moi justement, que vous avez...

Elle porta vivement deux de ses doigts à la bouche du baron pour le faire taire.

— Vous ? répondit-elle de sa voix mélodieuse, vous ? Ecoutez-moi, Gontran : un jour nous parlerons de vous. Un jour que je choisirai. N'avez vous donc aucune patience ?

Elle s'éloigna d'une démarche rapide, un peu nerveuse, cavalière sans monture, la jambe souple et le torse un peu raide. Ses cheveux dénoués lui faisaient de mouvantes auréoles où se piégeaient tous les reflets du couchant.

Cette nuit-là il fit un rêve étrange : un avion minuscule traversait le ciel d'ouest en est. La double traînée que laissaient derrière lui ses réacteurs le faisait ressembler à quelque guêpe qui, venant de se libérer d'une toile d'araignée, aurait tiré après elle, accrochée à une patte, une interminable écharpe blanche. Puis cette vapeur s'élargit, moutonna, s'enroula sur elle-même en volutes glacées d'où finit par émerger à la longue une forme d'abord floue qui devint progressivement plus nette et qu'il reconnut pour être Cynthia. Non pas celle qu'il venait de quitter mais l'autre, dont le corps souple l'avait enchanté à Lahore une nuit scintillante et magique. Elle lui tendit ses bras nus. D'infinitésimales lucioles accrochaient à ses cheveux épars, à ses seins, à la mousse blonde de son sexe un semis de gemmes tremblantes. Il se tenait immobile en face d'elle, veillant à ne pas l'effaroucher, à n'entreprendre aucun mouvement qui eût risqué de dissiper la bouleversante vision.

— « Vous, disait-il, ah, vous ! » Et puis : « Toi ! »

Plus elle se rapprochait de lui, plus il se sentait, à son immense confusion, devenir nu à son tour, comme si ses vêtements, sans aucunement tomber de son corps, se fussent insensiblement volatilisés : réduits à une impalpable buée, ils se résorbaient dans le bleu nocturne comme tout-à-l'heure le sillage de l'avion. Bientôt rien n'exista plus en dehors de leurs deux silhouettes nues avançant irrésistiblement à la rencontre l'une de l'autre.

Une bourrasque de désir s'empara de lui. A son tour il tendit les bras, voulut l'atteindre. Déjà il reconnaissait, tout proche, son parfum familier (celui qu'au retour d'une promenade il aimait tant respirer, imperceptiblement mêlé à l'odeur du cheval.) Déjà il percevait la tiédeur de sa chair, l'effleurement de ses mains...

Il se réveilla brutalement.

En nage. Ses doigts s'ouvraient et se fermaient comme pour se débarrasser d'un contact horrible. Tout avait basculé au dernier moment. Ce qu'il étreignait n'était plus qu'un affreux bonhomme de neige, une carotte en guise de nez, deux charbons hostiles en place d'yeux, un balai ridicule sous le bras. Un froid mortel avait coulé en lui qui le cryogénisait jusqu'à la moelle même de ses os.

Un grelottement incoercible le tint éveillé jusqu'à l'aube.

***

9.

Stephen s'activait autour du capot relevé du car. Fouillant le moteur de ses doigts gantés au bout desquels virevoltait un outil d'acier. Précis, minutieux, ses gestes contrastaient avec le dos lourd et la carrure massive de l'homme : un chirurgien au travail. Pour un peu on se serait attendu à le voir tendre la main derrière lui sans se retourner, pour réclamer avec autorité le scalpel ou la pince hémostatique. Une lampe à filaments, récupérée des équipements de Crèveloup avant son déclin et sa nouvelle splendeur, pendait d'une solive du garage. L'abat-jour d'émail vert et blanc, brouillé de chiures de mouches et de toiles d'araignées projetait sur Stephen une lueur jaune.

Gontran-Eudes surmonta sa répugnance : autant que possible il évitait de s'adresser à Stephen. Le domestique à-tout-faire de Cynthia ne lui avait pourtant jamais marqué d'hostilité. Simplement il affectait, à l'égard du petit seigneur français, une déférence un peu forcée sous laquelle Gontran croyait parfois découvrir une moquerie parfaitement intolérable.

« C'est cela, se dit-il, c'est exactement cela : depuis qu'elle est venue ici. »

« Avant elle » tout était net, précis. Les hommes et les choses avaient des contours définis : bien catalogués, classés selon un ordre strict dans l'échelle des valeurs. On savait sans erreur possible à qui on avait affaire, comment le partenaire, humain ou même objet, allait réagir. Une simple conversation avec les gens du village ou mieux encore avec Julien se déroulait comme une pièce classique et bien agencée, avec un commencement, un milieu et une fin. Tout y était à sa place : unité de lieu, de temps et de conventions. Parfaitement satisfaisant pour l'esprit le plus cartésien. Rassurant. On pouvait à la limite anticiper sur les questions et les réponses. Les mots prononcés avec circonspection et sans hâte semblaient n'avoir pour objet que de ponctuer les interminables silences de la vie campagnarde, comme le faisaient le chant du coq à l'aube ou l'appel enroué des corbeaux ou encore le coup de tonnerre inévitable qu'on attendait après chaque éclair en comptant les secondes.

— Monsieur Stephen ! appela Gontran.

L'homme se redressa sans se presser : « Oui, monsieur le baron ? »

Décidément, Gontran détestait cette voix. Il y avait en elle quelque chose de plus inacceptable encore que l'obséquiosité, un mélange désagréable de fausse déférence et de mépris inexprimé : de la bave…

— Lady Cynthia vous a-t-elle dit quand elle rentrerait ?

Stephen grasseya un rire vulgaire :

— Monsieur le baron croit-il que milady me tient au courant de ses projets ? J'aurais plutôt supposé que vous seriez le premier informé.

(« Vulgaire ? lui avait dit un jour Cynthia, je ne vois vraiment pas ce que vous pouvez lui trouver de vulgaire ». Ajoutant, presque agressive : « C'est un homme, tout simplement, UN VRAI ! ») Il l'aurait giflée !

— Elle a bien dû vous dire, Stephen, qu'elle partait en Inde ?

Stephen pinça ses lèvres pour ne pas sourire.

— En Inde, monsieur le baron, en Inde vraiment ?

— Ne me dites pas que vous ne savez rien.

Stephen haussa imperceptiblement les épaules, reprit la clé anglaise qu'il avait déposée sur le haut du radiateur, régla d'une main l'abat-jour de la lampe et, tournant le dos au Français, se replongea dans les entrailles de la voiture. On n'entendit bientôt plus que le cliquetis de l'acier, jusqu'à ce qu'au bout d'une minute la voix de l'Américain finît par émerger, un peu étouffée comme au sortir d'un caveau, presque aussitôt couverte par le huit-cylindres qui se remettait en marche :

— Après tout, si c'est ce qu'elle vous a dit, faut admettre que c'est exact.

Il emballa le moteur, le fit rugir au maximum de sa puissance : une façon comme une autre de mettre un terme à la conversation.

Ce n'était que trop vrai que « depuis Cynthia » l'environnement avait perdu ses contours. Tout était devenu flou, comme en automne lorsque les brumes qui flottent à la surface des étangs effacent les objets ou les déforment : on croit les reconnaître, et l'instant d'après ce n'est plus rien ou autre chose... des fantômes d'objets. « Depuis Cynthia » des spectres de mots, des ectoplasmes de sentiments et de sensations. Des simulacres d'êtres...

Stephen pas au courant ? Impensable ! Mais alors, nom de Dieu de nom de Dieu, que croire ? Elle avait paru, l'autre jour, tellement sincère...

Le baron retraversa la cour. Des groupes d'enfants y jouaient qui, entraînés par les deux jeunes infirmières engagées au pair, semblaient s'amuser de bon cœur. Trois d'entre eux pourtant s'en étaient séparés. Adossés au mur du bâtiment principal, figés, leurs yeux tristes fixaient au loin quelque spectacle indiscernable. L'un d'eux était borgne. Une de ses oreilles manquait. Une vilaine cicatrice en traversait l'emplacement, lui partageant le crâne depuis le sommet jusqu'au cou. Sans doute encore une « erreur d'approvisionnement ».

Gontran chercha Boy et ne le vit pas. Du moins pas tout de suite.

Chaque fois que cela se produisait, il était saisi d'une grande crainte : qu'il ne fût plus là du tout, « vendu » lui aussi sans que personne ait osé le lui dire. Il s'affolait, fouillait les rassemblements du regard, refrénait une envie absurde de s'élancer au milieu d'eux, de les séparer les uns des autres, d'écarter ceux qui l'empêchaient de voir. Une mauvaise sueur lui coulait depuis la racine des cheveux jusqu'aux sourcils, aux ailes du nez, à la commissure des lèvres : une sueur salée, qu'il ravalait d'un coup de langue jetée de travers au coin de la bouche. Panique.

Enfin il le repéra. Il comprit que, dans son affolement, son regard avait dû le rencontrer plusieurs fois sans s'arrêter sur lui. Il s'en voulut, s'exhorta au calme :

— Allons, grommela-t-il, allons, voyons !

Boy aussi l'avait aperçu. Mais il jouait. Il se contenta de lui faire un grand signe, de loin, avant de se remélanger avec ses camarades, gambadant au milieu d'eux comme un jeune cabri. Sa claudication le faisait, à chaque pas, sauter plus haut que les autres. C'était un spectacle touchant et un peu triste. Gontran voulut l'appeler : « Boy ! » cria-t-il, mais d'une voix si faible qu'elle mourut à quelques centimètres de ses lèvres.

Gontran fit demi-tour : « Je suis stupide, se reprocha-t-il, il s'amuse, il est heureux, de quoi est-ce que je me plains ? » Pourtant le bonheur même de l'enfant, quoi qu'il en eût, lui faisait mal. Il n'avait pas répondu à son appel, n'avait pas tout quitté pour venir, comme il le faisait si souvent, se serrer contre lui, entourer ses jambes à deux bras, lever vers lui sa frimousse d'ange radieux.

— Je devrais avoir honte. Après avoir tant redouté qu'il se sente différent des autres, humilié par rapport à eux !

Peine perdue : il ressentait le plaisir pris par l'enfant sans lui, AVEC D'AUTRES, comme une trahison. Furieux contre lui-même il retraversa la cour, détacha Bellérophon, reprit au galop le chemin du manoir. Juste avant le dernier tournant, celui à partir duquel on apercevait les tours à poivrières bleues émergeant du noir des arbres, et comme le cheval ralentissait l'allure par instinct, il se surprit à le cravacher. En même temps il enfonça machinalement ses éperons dans le flanc de la bête qui hennit de surprise et fit un bond en avant. Il sembla au cavalier qu'il s'était frappé lui-même.

Il remarqua tout de suite le taxi arrêté devant le perron à côté d'un petit troupeau de valises alignées flanc contre flanc sur le gravier. Le sang lui monta aux joues. Machinalement il retint Bellérophon qui marqua, par une dérobade, sa réprobation des foucades de son maître.

Julien, apparu au sommet des escaliers, aperçut le baron, leva le bras et cria :

— Monsieur le baron ! Monsieur le baron ! Venez, venez vite ! Madame Cynthia est de retour !

— Sans prévenir, ronchonna-t-il pour la forme. Sans prévenir, comme d'habitude !

L'événement le contrariait. Non pour la venue en elle-même de la voyageuse : une hâte soudaine de la revoir lui fit au contraire une nouvelle fois éperonner sa monture qui, n'y comprenant décidément plus rien, se cabra en secouant furieusement sa crinière. Il était surtout chagriné de se savoir mal préparé à affronter l'Anglaise. Comment ne pas se montrer devant elle, avec tant d'arrière-pensées en tête, gauche et ridicule ? Il savait bien qu'elle n'aurait pas besoin de le regarder deux fois pour le percer à jour. Il prévoyait et redoutait le pli narquois au coin de sa bouche et le sourire trop familier qu'elle ne saurait pas purger d'une expression de dédain sous-jacente. Cet air qu'elle aurait de lui dire : « Allons, elle vient, cette scène de jalousie ? Et ces questions que vous brûlez de me poser, allez-vous les retenir encore longtemps ? » (Un vieux beau, voilà pour quoi elle me prend, un vieux beau avec des rougeurs d'écolier pris en faute !).

Il n'eut que le temps de mettre pied-à-terre. Il se retrouva debout à côté de Stephen, qui avait déjà saisi les rênes du cheval et soutenait d'une main le coude du baron. (« D'où diable sort-il, celui-là ? Quel chemin a-t-il pris pour me devancer ? ») Et puis cette évidence : « Il savait ! Il s'est bien foutu de moi ! »

— Si monsieur le baron veut bien me permettre…

Il lui abandonna sa monture sans un mot.

— Madame attend monsieur le baron dans le petit salon. Le thé est servi.

Exaspérant de singer « les bonnes manières » que Julien n'avait jamais réussi à lui inculquer ! Le fait-il exprès ? Du Darjeeling, monsieur le baron ! lança-t-il par-dessus son épaule, « du meilleur Darjeeling ! Madame l'a rapporté avec elle ». Gontran l'aurait cravaché !

Cynthia reposa mon « muffin » dans la soucoupe pour lui tendre sa main à baiser, puis elle l'invita à s'asseoir. (Comme elle sait bien qu'elle est « chez elle », ici, chez moi !) Il n'aurait pas su dire s'il en éprouvait du dépit ou de la joie. Il lui demanda si elle avait fait bon voyage. « Excellent, répondit-elle, excellent ! Que préférez-vous : du thé ou du sherry ? » Ses doigts voltigeaient au-dessus des bouteilles alignées sur le guéridon. Elle se reprit aussitôt, en riant : « Suis-je bête, du sherry, vous ? Je vous prends pour un anglais ! » Déjà elle saisissait le flacon de cognac. Il l'arrêta d'un geste :

— Je prendrai du thé comme vous — du Darjeeling !

Elle lui jeta un coup d'œil incisif. Il eut tout juste le temps de voir luire dans l'ombre puis s'éteindre le blanc de son regard. — « Just a glance ! »

— Vous avez raison. C'est le meilleur de tous. J'en ai acheté là-bas spécialement pour vous.

Elle lui avait répondu d'une voix neutre, apparemment absorbée par le jet de liquide ambré qui coulait de la théière. Le ton appuyé sur lequel il avait prononcé le nom de Darjeeling n'avait pas pu lui échapper. Rien n'échappait à Cynthia. Rien, jamais : aucune nuance !

— Vous avez trouvé très changé, là-bas ?

— Changé ? Non, pourquoi ? (elle parut se forcer à réfléchir, comme si la question l'avait prise au dépourvu. Sans doute ne se l'était-elle pas posée. « Pas même cherché », se dit-il avec amertume.) Vraiment non, je ne vois pas. Rien n'a changé, tout est resté comme nous l'avons laissé.

« Nous ? » Il se retint à temps de demander « qui ça, nous ? »

— Nous, précisa-t-elle tranquillement : nous les Anglais, bien entendu.

Elle semblait s'amuser prodigieusement, attendre qu'il n'y tienne plus, qu'il se décide à l'interroger. « Quand va-t-il enfin me parler du sultan ? » Elle avait un sourire de cannibale.

Il s'en tira par une feinte.

— Vous êtes restée à Darjeeling, je veux dire : à Odhpur, tout ce temps-là ?

— Bien sûr que non ! J'y allais pour affaires, savez-vous ?

— Et… ça s'est passé comme vous le souhaitiez ? Vous êtes contente de votre voyage ? (Il se crut tenu d'ajouter) : c'est par intérêt pour vous que je dis cela, pas par indiscrétion.

— Assez contente, oui.

La conversation se poursuivit entrecoupée de longs

silences que hachaient des phrases courtes, sans importance. Elle jeta l'hameçon :

— Vous ne me demandez pas beaucoup de détails ?

— J'attendais ceux que vous voudrez bien me donner.

Elle lui saisit la main : un geste habituel entre eux : « Voyons, reprocha-t-elle, voyons, Gontran ! »

Stephen apparut. Ils ne l'avaient pas entendu entrer.

— Avez-vous besoin de quelque chose ? demanda-t-il. Faut-il préparer du thé frais ?

Elle refusa d'un geste. Comme il ne bougeait pas, elle éleva la voix : « Non, Stephen. Rien, merci. Vous pouvez disposer. » Il s'attarda brièvement à les examiner tous les deux, l'un après l'autre, puis disparut aussi discrètement qu'il était venu.

— Cher Stephen ! murmura-t-elle.

— Il vous a beaucoup manqué ?

Elle le scruta rapidement mais ne décela aucune intention maligne derrière la phrase qu'il venait de prononcer.

— Tous ceux que j'apprécie — ou que j'aime — me manquent quand j'en suis éloignée. Vous aussi, Gontran, vous m'avez manqué.

Il la remercia d'une inclinaison de tête. Trop cérémonieuse pour être « honnête ».

— Vous ne me croyez pas ?

Ce fut à son tour de protester : « Voyons, Cynthia, voyons ! » Elle reposa doucement sa tasse, se redressa, le fixa droit dans les yeux :

— Pourquoi ne me posez-vous pas la question qui vous tracasse ?

Il prit son air le plus faux-jeton :

— Quelle question, Cynthia ?

— Ça ne vous intéresse pas de savoir si j'ai rencontré le sultan ?

— Ha, fit-il, c'est vrai. Eh bien voilà : Cynthia, avez-vous rencontré le sultan ?

— Vous êtes un petit salaud, Gontran-Eudes ! Mais je vais vous répondre : oui, j'ai vu le sultan. (Elle prit une nouvelle cigarette, la vissa dans son fume-cigarettes ; il lui tendit son briquet.)

— Vous fumez trop.

Elle eut un geste d'insouciance, prit le temps d'aspirer une bouffée, la rejeta en l'air, la suivit du regard jusqu'à ce qu'elle se fût dissipée.

— Je suppose que ça vous intéresse aussi de savoir si j'ai recouché avec lui ? La réponse est : oui.

Il avala péniblement sa salive, chassa d'un grattement de gorge le picotement qui lui était venu, répondit avec calme :

— Pourquoi me racontez-vous cela ?

— Je ne « raconte » pas, je dis. Si vous voulez que je vous « raconte »...

Elle le faisait exprès, ou quoi ? Il n'éleva pas la voix.

— Je ne suis pas votre amant, Cynthia, ni votre mari. Je suis seulement votre ami.

— C'est bien pour ça : en tant qu'ami, vous avez le droit de tout savoir. Mais aussi le devoir de tout entendre.

Elle s'exprimait avec une douceur retrouvée. Il avait l'impression en l'écoutant d'être caressé, à peine effleuré, par une patte de velours d'où les griffes émergeaient à peine, l'éraflant à fleur de peau d'une brûlure sans importance. Il la regarda mieux : la nuit tombait, envahissant la pièce où la tête de la jeune femme inscrivait un ovale clair dans la lumière de la lampe. Tout autour ses cheveux faisaient mousser une auréole brillante et un peu irréelle. (Il ne lui manque que l'Enfant-Jésus sur les bras) : c'était vrai qu'elle ressemblait à une vierge florentine ; la peau de son visage, légèrement ambrée, était lisse et douce au regard, ses yeux vivaient, à l'abri des cils longs et acérés, d'une vie pétillante et discrète.

Gontran-Eudes refréna avec peine le mouvement irraisonné qui le portait vers elle. Il cherchait malgré lui à retrouver derrière ces traits pacifiés ceux de la très jeune femme qu'il avait une nuit vainement tenue entre ses bras. Il n'y parvint pas. Les « autres » avaient-ils changé, eux aussi ? Il se sentait devenir très vieux, irrémédiablement relégué dans une zone de vie où il se retrouvait seul. Les « autres » n'y pénétreraient à leur tour que beaucoup plus tard, peut-être seulement après qu'il l'aurait quittée. Etrange jeu de portes ouvertes et fermées dans un palais vide où des personnages inconsistants se seraient suivis et croisés à contre-temps, à jamais empêchés de se rejoindre. Quel âge pouvait bien maintenant avoir le sultan ? Il n'osa pas lui demander « comment » elle l'avait trouvé, retenu par la crainte de paraître jaloux, par le refus de lui faire ce plaisir. Après tout, si ce jeu du chat et de la souris auquel elle semblait se complaire la passionnait à ce point, n'était-ce pas la preuve qu'il ne lui était pas aussi indifférent qu'on aurait pu le croire ? Il se resservit une tasse de thé.

— Racontez-moi tout ce que vous voudrez, avec ou sans détails à votre guise, prononça-t-il avec détachement, mais ne me demandez tout de même pas de vous interroger.

Elle rit :

— Pourquoi ? J'aimerais bien !

— Mais moi, je ne saurais pas.

— C'est donc que vous n'êtes pas curieux, ou bien que vous ne vous intéressez guère à moi.

Puis elle sauta sans raison d'un sujet à un autre.

— Boy, comment va Boy ?

— Très bien. Il est adorable.

Il se demanda pourquoi elle semblait soulagée par sa réponse. Elle donna une demi-explication : « Je suis heureuse que vous ayez Boy. Tant qu'il y aura Boy... » Elle n'acheva pas.

— Qu'entendez-vous par là ?

Elle hésita.

— Je... je veux dire que tant que vous aurez Boy, je serai tranquille à votre sujet.

Elle ferma les yeux un instant, renversa la tête, puis, d'une voix qui lui parut bizarre : « Et tant que je serai tranquille à votre sujet, je serai tranquille pour moi. Parce que vous et moi sommes dorénavant indissolublement liés. Je suppose que vous en avez conscience. »

Elle se leva.

— Il se fait tard, Gontran, je dois vous quitter. Je sais que vous vous interrogez sur un tas de choses que vous n'aurez jamais (faut-il dire le courage ?) plutôt le manque d'éducation de me forcer à vous révéler. Aussi vous faut-il faire un choix : ou bien accepter cette ignorance et vous résigner à attendre la suite des événements en vous bouchant les yeux, les oreilles... et peut-être le nez, ou bien me contraindre à parler, mais alors tant pis pour ce que vous apprendrez !

Ils avaient atteint le perron. L'air était humide et chargé d'un parfum pénétrant de mousse, d'arbres, de fleurs mouillées.

— Mon Dieu, soupira-t-elle, comme il fait bon ici !

Stephen était debout auprès de la voiture dont il tenait la portière ouverte, attendant qu'elle s'installât.

— A propos, cria-t-elle, déjà à demi-assise, vous ne m'avez pas demandé si le sultan avait réclamé de vos nouvelles ? Eh bien, soyez heureux : il l'a fait. Si ça vous intéresse d'en savoir plus, il ne faudra pas vous gêner. Je crois que vous aurez bientôt l'occasion de le rencontrer.

Sa phrase mourut dans un rire.

— Quoi ? cria Gontran. Il est… ?

— A Marseille pour l'instant. Nous ne tarderons pas à avoir sa visite.

Gontran se retint de se jeter en avant. Cynthia rentra hâtivement ses jambes. Stephen claqua la porte avec un bruit dont la violence surprit le baron, qui le vit contourner vivement le capot et s'installer au volant. Tout de suite le moteur vrombit. La voiture démarra dans un grincement de pneus, faisant gicler les graviers de tous côtés. Gontran eut tout juste le temps de deviner le signe d'adieu que lui faisait son amie à travers la vitre arrière : une main très blanche, très fine, un peu fantomatique, que la nuit absorba aussitôt.

Gontran se coucha mécontent de lui et du reste du monde. Il lui fallait se rendre à cette évidence que c'était chaque fois la même chose : tant que Cynthia était auprès de lui, elle le tenait sous le charme. Non pas qu'il perdît alors son esprit critique, mais elle jouait pour lui un époustouflant numéro de Frégoli, tour-à-tour tendre et irritante, attendrissante ou odieuse, paraissant s'offrir et se refusant aussitôt. Il ne pouvait se défendre de lui trouver toutes les excuses à travers toutes les séductions. A peine disparue, il retrouvait son réalisme : « Elle m'a encore eu ! » Trop bien élevé pour ajouter : « la garce ! », mais le cœur y était. Le pire, c'est qu'il aurait détesté qu'elle fût « autre ».

Et quoi qu'il en eût, il ne pouvait s'empêcher d'avoir confiance en elle.

Qu'elle lui fît mal, consciemment ou non, qu'elle se servît de lui, là n'était pas le problème. Il lui paraissait impensable qu'elle pût le trahir de sang-froid. Restait l'hypothèse que, à son corps défendant... Si forte, si décidée, si maîtresse d'elle-même qu'elle parût, il soupçonnait chez elle l'existence d'un défaut de la cuirasse capable à tout moment de la rendre vulnérable et par conséquent dangereuse. Quel rôle jouaient autour d'elle tous ces hommes dont elle ne pouvait ou ne voulait se défaire ? Lui-même, comment et pourquoi était-elle venue le chercher ? L'intérêt qu'elle avait pu trouver à s'associer avec lui lui semblait de peu de poids au regard des services qu'elle lui avait rendus. Mal convaincu par ses propres arguments, il s'accusait d'ingratitude et mettait son inquiétude (ou son aigreur) sur le compte d'une jalousie que leurs rapports sans équivoque n'autorisaient en rien, mais contre laquelle il se défendait mal. « Pourquoi les autres et pas moi ? » Eh bien oui, pourquoi eux ? Mais aussi pourquoi avoir été assez stupide autrefois pour ne pas profiter de la situation et forcer le sort au lieu de se montrer si niaisement gentleman ?

Il dormit mal. Dehors soufflait un vent mou et chargé d'eau, qui ne parvenait pas à dégorger la pluie dont il était gonflé. Il se réveilla à plusieurs reprises, mal dans sa peau. Dans un état intermédiaire entre la veille et un sommeil traversé de cauchemars indécis. N'y tenant plus, il finit par se lever. Le jour tardait à venir. Un satin gris sous-tendait l'horizon au-delà de la forêt. Déjà dépouillé de ses feuilles, le grand chêne du parc plongeait dans le ciel des branches embrouillées. On aurait dit des racines qui s'enfonçaient dans un monde à l'envers. Il imagina l'autre côté des choses, des frondaisons familières qui se seraient développées au sein même de la terre absorbant la sève des racines insolites qui, plongées dans les nuages, buvaient à grands traits toute l'eau du ciel. Gontran s'écarta de la fenêtre en maugréant : « Qu'est-ce qu'il m'arrive, ce matin ? » Il n'était pas homme à cultiver des phantasmes. Un ruban pourpre se déroula d'un coin de l'horizon à l'autre. Gontran fit une rapide toilette, s'habilla, comme toujours, avec soin.

Julien le trouva un peu plus tard assis dans un fauteuil du salon devant le feu éteint. Il faisait encore à peine jour. Il s'inquiéta :

— Déjà levé, monsieur ? Qu'y a-t-il ? Ça ne va pas ?

— Je n'arrivais pas à dormir, mais ce n'est rien. Ça va, Julien, ça va très bien.

— Vous allez prendre froid. Je vais faire une flambée.

— Tout-à-l'heure. Donne-moi plutôt mon café.

— Tout de suite, monsieur.

Bellérophon était nerveux. Pour le calmer, le baron lui fit faire un tour de galop dans les allées avant de sortir du parc. L'animal secouait la tête, soufflait, éparpillant autour de ses naseaux de fines gouttelettes de mousse blanche. Une fois le portail franchi, il se mit à ruer. Gontran le retint avec peine, le calma, lui flatta l'encolure : « Voyons, Bellérophon, voyons, mon grand ! » Un éclair cerna d'un flash rapide la base des nuages, soulignant brièvement leurs profils torturés, puis tout redevint uniformément terne. Bellérophon avait repris une allure normale, mais Gontran le connaissait trop bien pour ne pas le deviner perturbé : tantôt il couchait ses oreilles en arrière, tantôt les redressait nerveusement. Il finit pourtant par s'apaiser sous les caresses du baron, redevint lentement lui-même.

Le jour avait fini par se lever. Les bords de l'horizon avaient insensiblement viré du rouge au rose. Il y eut encore un roulement de tonnerre, mais sourd et lointain. « Il ne pleuvra peut-être pas après tout. » Gontran respira avec force la brise détrempée qui se levait, encore indécise.

Bientôt lui apparurent les toits de Crèveloup.

Une infirmière traversait la cour. Gontran quitta Bellérophon qui, une rêne passée aux barreaux de la grille, grattait le sol du pied. La jeune fille le salua d'un geste joyeux.

— Vous n'avez pas vu Boy ? lui demanda-t-il.

— Il jouait du côté des écuries, il y a un quart d'heure à peine.

Il remercia et se dirigea vers les communs.

— Boy, cria-t-il. Boy !

Il n'obtint pas de réponse et continua d'avancer.

— Je me demande ce qu'ils foutent ! ronchonna-t-il. Il y avait dans le sol gonflé d'eau de profondes ornières pleines d'une boue collante qui s'attachait à ses bottes.

— C'était bien la peine que Julien les cire hier soir. Je vais être propre !

Il entendait déjà le majordome lui demander, respectueusement mais fermement « où il était encore allé traîner ».

— Boy, appela-t-il encore. (Où ce sacré gamin a-t-il bien pu passer ?)

Il s'arrêta pour prêter l'oreille, ayant cru entendre un faible appel.

— Boy ? C'est toi ?

— Je suis là ! répondit une voix ironique et flûtée, mais encore lointaine. Gontran sourit. Il avait l'habitude, c'était leur jeu favori.

Boy connaissait toutes les cachettes mais le baron, à la longue, les avait presque toutes repérées.

— Boy, sacripant ! Veux-tu bien te montrer ?

— Sacripant ! cria en écho la voix moqueuse. Sacripant ! Sacripant !

Un morceau de bois tomba d'un bûcher, vers lequel Gontran se précipita. Quand il l'atteignit, il n'y avait déjà plus personne.

— Je suis là ! je suis là ! appelait Boy d'une retraite plus éloignée.

— Attends un peu que je t'attrape, petit sauvage !

— Je suis une cigale, chantonna la voix, je suis ventriloque ! Tu ne m'auras pas !

Cette partie des écuries comportait toute une série de bâtiments qui avaient autrefois servi de resserres, de celliers, d'ateliers, un vrai dédale de salles voûtées et fraîches, à demi-enterrées, auxquelles on accédait, soit par un plan incliné pour les plus importantes, soit par quelques marches de pierre.

— Tu peux te cacher, va ! Je saurai bien te trouver !

C'était facile. Le gosse avait couru le long du mur, sous l'auvent du toit. Ses petits pieds avaient laissé des traces humides sur le béton sec.

— Tu es fait ! cria Gontran. Sors de là !

Rien ne lui répondit. Il avança doucement. Pas à pas,

jouant le jeu. Il descendit les marches. La porte, faite de planches mal jointes, grinça quand il la poussa. Il s'arrêta, scrutant l'obscurité. On apercevait un pressoir, toute une lignée d'énormes tonneaux. Gontran n'était jamais venu jusque là. L'endroit n'avait pas dû servir depuis des dizaines d'années. Pourtant une forte odeur de vin, de grappes écrasées, lui emplit le nez de sa saveur âcre.

Il fit un pas en avant. Un léger bruit, venu de derrière la porte qu'il venait d'ouvrir, l'alerta. Il sourit, saisit le vantail, sentit sous sa paume les veines rugueuses du bois, tira d'un coup.

Boy se tenait derrière, les genoux ployés, le dos voûté, penché en avant, tenant dans ses mains réunies à la hauteur de ses yeux un objet noir que Gontran n'identifia pas tout de suite.

— Haut les mains ! cria le gamin. Haut les mains ou je tire ! Le baron sursauta.

— Quel est l'imb… ? Qui t'a donné ça ? hurla-t-il.

— J'ai dit haut les mains ! T'as entendu ou quoi ?

Gontran le regarda mieux. Boy faisait un effort pour æ donner l'air terrible : il grimaçait, le nez froncé et la lèvre un peu tordue, d'un air si méchant que le baron eut de la peine à le reconnaître. Vieilli de dix ans : la tête qu'on voyait aux jeunes combattants des rizières dans les films d'actualité, avec cette expression butée d'adultes précoces qui ont tout vu sans être encore parvenus au bout de l'horreur. Mais les yeux de Boy riaient.

— Laisse ça, donne, dit Gontran d'une voix radoucie, en tendant la main. Tu sais que je n'aime pas ce genre de jouets. Où l'as-tu trouvé ?

Le gamin se détendit, redressa le torse. Les traits fondirent, ses joues redevinrent lisses et pures.

— Donne, répéta le baron.

Il se retint pour ne pas ajouter : « Fais un effort. Redeviens toi-même. Essaie. » L'image du Boy inconnu qu'il venait de découvrir ne s'était pas totalement dissipée. Il aurait cette tête-là dans quelques années. Bientôt.

— Ce n'est pas un jouet, dit Boy en tendant l'arme.

Gontran s'en empara, surpris de la trouver lourde et froide. Il n'eut pas besoin de l'examiner longuement.

— Où l'as-tu prise ?

— Ha, ha ! répondit l'enfant, taquin. Ha, ha ! cherche !

— Je t'ai posé une question, Boy. Il faut me répondre, c'est sérieux.

Le petit indien entreprit de gambader autour de lui.

— Tu le sauras pas ! Je te le dirai pas ! Tu le sauras pas !

C'était loin d'être un jouet. Gontran examina l'arme de plus près, vérifia qu'elle n'était pas chargée, chercha une marque quelconque qu'il ne découvrit pas. Il connaissait assez les fabrications françaises pour savoir qu'elle n'en faisait pas partie. Etrangère, mais de quelle origine ?

Boy cessa de s'agiter. Planté devant son vieil ami, il le regardait faire avec une curiosité nuancée d'inquiétude.

— Alors, Boy ? J'attends. Tu me dis où ?

Gontran, mécontent, observait le front penché, l'air buté qu'il devinait sous l'inclinaison de la tête.

— Regarde-moi, insista le baron avec douceur. Je ne te gronde pas. Je te demande seulement d'où il vient.

Lentement l'enfant releva le nez, fixa son ami :

— Je l'ai pas pris. Je l'ai trouvé.

— Bon, d'accord, tu l'as trouvé. Mais à quel endroit ?

Après une courte hésitation, le gamin finit par se décider.

— Viens. Je vais te faire voir.

C'était à contre-cœur. Il s'enfonça dans les profondeurs de la cave, précédant son compagnon de quelques pas. Il lui arrivait de se retourner à demi pour vérifier si on le suivait bien, et ce mouvement aggravait sa claudication.

— Attends, dit Gontran mal à l'aise. Donne-moi la main.

Ils longèrent un mur saupoudré de salpêtre, durent escalader un tas de planches branlant sur lequel on avait jeté des rouleaux de ronces artificielles entremêlées de bouts de ferraille.

— Qu'est-ce que ce fatras fait là ? gronda le baron.

— C'est pas loin maintenant, annonça Boy, s'arrêtant pour le laisser se dégager d'un fil de fer dans lequel son pied s'était pris.

Ils atteignirent une porte, cachée derrière un amoncellement de débris, mais pas spécialement camouflée. Il n'y avait pas de poignée, seulement un trou de serrure sans clé. Elle était fermée.

Boy s'agrippa à un tronc de vigne-vierge qui s'entortillait le long de la cloison, se hissa jusqu'à une cavité dans le mur : une ouverture pratiquement invisible, qu'il fallait connaître. Il y glissa sa petite main, pêcha une clé qu'il fit passer à Gontran d'un air important. Puis, d'un bond, il fut auprès de lui : « C'est celle-là. Ouvre, tu peux y aller. »

Aucune lucarne n'éclairait la sorte de caveau dans lequel ils pénétrèrent. Le petit bengali (qui semblait décidément familier des lieux) alla fouiller dans un coin près de l'entrée, atteignant ce qui paraissait être une vieille brouette bâchée. Boy revint, une torche électrique à la main. Le poussoir, enclenché, libéra un cône de lumière blanc-cru.

— Regarde. Tu vois bien que j'ai rien volé. Je joue avec et après je le remets au même endroit.

Il y avait là tout un entassement de caisses dont certaines avaient eu le couvercle soulevé. Boy reprit l'arme à son ami, alla la replacer dans l'une d'elles. « Comme ça, fit-il. Bien dans son casier. »

C'était incroyable. Le hobereau reprit la torche, la promena d'un emballage à l'autre, faisant sauter les planches, plongeant les doigts à l'intérieur, et à chaque fois il ramenait un pistolet, une mitraillette, des paquets qui devaient contenir des munitions. Il y avait aussi des objets beaucoup plus volumineux, enveloppés de papiers bruns, épais et suintants de graisse.

— Tu crois qu'on va recommencer ? demanda Boy d'une voix calme.

— Recommencer quoi ?

— Comme là-bas. C'était pareil. Il y a d'abord eu des tas de trucs comme ça. On les cachait un peu partout, sous la paille de riz, sous le fumier. Bien mieux qu'ici : c'est pas caché, ça. Et puis un jour des types sont venus qui les ont pris et alors tout a commencé : tu crois que c'est pareil partout ? Partout où j'irai ?

— Non, Boy, pas partout. Et surtout pas ici ! Viens !

Il ne l'interrogea que plus tard, sur le chemin du retour. « Il y a longtemps que ces « choses » sont là ? » —

« Longtemps ? Non, pas très. Enfin pas celles-là. Avant je crois qu'il y en a eu d'autres. Et puis elles sont parties. Et après ç'a été celles-là. Ou bien c'est les mêmes peut-être, je ne sais pas. » — « Mais tu sais qui les a mises là ? » — « Il ne vient jamais personne dans ce coin-là. Ou alors la nuit peut-être, mais la nuit je dors, comme tout le monde. »

— Eh bien n'y retourne pas, ça vaut mieux. Tu me promets ? oui ? Bon, mais tu jures aussi : ne parle de ça à personne. Tu le jures ?

L'enfant tendit la main, l'air grave : « Je le jure. » Gontran-Eudes lui ratissa les cheveux de ses doigts osseux.

— Bien. C'est très bien. Tu es un homme, Boy. Tu sais garder un secret.

Ils regagnèrent l'écurie. Bellérophon tourna vers eux son long visage fuselé où brillaient des yeux attendris.

Le baron saisit son petit compagnon sous les bras, l'éleva jusqu'à la hauteur du cheval, l'installa à califourchon sur la selle où il se hissa à son tour après avoir détaché les rênes.

— C'est bien que tu sois un homme, cria-t-il. Maintenant on va voir si tu es un cavalier !

Ce fut une course haletante sous les halliers. Parfois on rencontrait un obstacle et la bête s'enlevait, semblait prendre son vol comme le cheval ailé des contes orientaux.

Quand ils revinrent, et à quelque distance de l'orphelinat reprirent l'allure au pas, il aurait été difficile de dire lequel des trois était le plus essoufflé.

— Ça t'a plu ? demanda Gontran.

— Qu'est-ce qu'on s'est marré ! s'exclama l'enfant, exhalant un soupir énorme qui parut vider sa poitrine d'un seul coup. On le refera, dis ?

— Mais oui, Boy, on le refera.

— Promis ?

— Juré !

Pensif, Gontran-Eudes retraversa la cour, héla Stephen qui releva la tête au-dessus de la voiture sur laquelle il s'affairait. Il lui demanda de prévenir lady Cynthia qu'il avait besoin de la voir de toute urgence.

— Rien de cassé ? — Peu importe. Je veux lui parler. Tout de suite !

Le chauffeur promit de faire le nécessaire.

Les rênes lâchées, le baron laissa Bellérophon aller à sa guise. Aucun problème : il connaissait le chemin. Le cas échéant, il aurait ramené son maître mort sur son échine. Le Français ne prêtait aucune attention à ce qui l'entourait. Ce qu'il voyait, avec une extraordinaire netteté, ce n'étaient ni les troncs luisants des hêtres ni les branches qui par moments frappaient ses joues sans même le faire tressaillir : c'était Boy, la façon qu'avait eue Boy, sans le lui dire, de proclamer sa foi en lui. Comment l'appelait-il depuis quelque temps ? « Mylord ! » Voilà : il l'appelait mylord. Pas à la façon ridiculement française : « mîlorre » ! Non, il prononçait correctement : « mylord ». Mieux, il détachait les deux syllabes : « My lord ». Comme pour s'adresser à Dieu. Ce n'était pas de la comédie. Gontran était insensiblement devenu pour lui un être tutélaire : quelque chose en effet dans le genre d'un bon Dieu, mais un vrai bon Dieu d'os et de chair, proche et rassurant. Palpable.

Pauvre bon Dieu, à vrai dire, inquiet et désarçonné, incapable de balayer de son esprit la phrase horrible, prononcée si paisiblement, comme si cela allait de soi : « Tout va donc recommencer ? » Dite sans effroi apparent, comme si la boucherie était la chose la plus naturelle du monde ! Et c'était vrai que dans son pays Boy n'avait jamais rien connu d'autre. C'était atrocement et évidemment vrai que pour Boy, l'anormal, l'éphémère, le miraculeux, l'« existant-non-durable » comme auraient pu le dire autrefois les bonzes de son pays, c'était cette paix européenne si difficile à croire vraie, ces soirs sans lendemain rouge, ces éveils le matin sans immédiate angoisse.

Le cavalier frissonna. Il leva le nez, huma l'air autour de lui : il ne faisait pas froid mais il sentait un fluide glacé courir le long de son dos. « Cette horreur… » gronda-t-il. Et soudain…

Soudain, il se mit à gueuler : à gueuler, oui, tout seul perdu dans le crépuscule de la nature. Pour lui tout seul perdu, mais aussi pour la solitude infinie tout autour de la sienne, l'implacable solitude du monde des hommes enveloppant la petite boule frileuse et timorée de sa solitude à lui !

— Quelle nom de Dieu de bon Dieu de saloperie d'horreur !

Surpris et inquiet, Bellérophon sursauta puis, comme si désormais plus rien ne pouvait l'étonner des humeurs étranges de son maître, il accéléra légèrement l'allure et finalement opta pour un petit trot nerveux.

Boy…

Tout devenait affreusement possible. Boy qui avait vécu l'abomination et n'en paraissait même pas troublé ! Boy meurtrier ? Pourquoi pas ? Que savait-il de Boy « avant » ? Et l'autre vision de Boy, un Boy étalé sur le ventre, le nez dans la boue grasse des rizières, et à la place de la tête…

En avait-on assez vu, dans les magazines et à la télévision, de ces petits d'hommes sacrifiés à on ne sait quelles funestes, quelles imbéciles ambitions ! Certains d'entre eux, comme Boy tout-à-l'heure, mais oui, exactement comme lui tout-à-l'heure, tenaient encore dans leur menotte crispée une arme disproportionnée : une invention atroce des grandes personnes prise pour un jouet d'enfant ! Et que disait-elle, la légende sous la photo ? Elle disait, elle avait le… culot de dire : « Des enfants meurent pour leur idéal. » Elle avait ce culot ! Car enfin, à ce degré-là, ça ne pouvait pas passer pour de l'inconscience ! Non ?

— Leur Idéal ! hurla-t-il une nouvelle fois à pleins poumons. Son cri perçait la nuit épaisse, et Bellérophon hâta encore un peu plus l'allure.

— Mais quel idéal, bon Dieu !

Il n'y avait pas encore d'étoiles au ciel. Pourtant le ciel était là, bien à sa place de ciel, impénétrable et noir, à peine plus clair que les feuilles et les branches derrière lesquelles il coulait majestueusement, semblable à un maléfique fleuve des morts.

— Quel idéal, reprit Gontran-Eudes à voix basse cette fois. Quel idéal, *MON* Dieu ?

***

10.

Gontran, avant de pousser la porte, n'hésita qu'à peine. Sa décision était prise après une nuit d'insomnie. Cynthia était chez elle, il le savait par Julien, envoyé en éclaireur de bon matin.

Il traversa le petit salon qui précédait le bureau de l'Anglaise et lui servait de salle d'attente. Comme il s'apprêtait à frapper au battant, celui-ci s'ouvrit, livrant passage à une surprenante apparition : une femme rousse, fardée, se tenait devant lui, le dévisageant avec arrogance.

Elle était vêtue d'une manière étrange : des jeans verdâtres, un pull tramé d'or qui moulait comme une cotte de mailles ses seins lourds, des souliers d'argent à très hauts talons. Il chercha vainement dans ses doigts le face-à-main qui eût convenu à sa façon hautaine de le scruter.

— Qui êtes-vous ? demanda-t-elle d'une voix enrouée. Vous écoutez aux portes ?

Il n'eut pas le temps de répondre. Cynthia apparut à son tour, intervint calmement :

— Vous vous méprenez, Madame. C'est un ami !

— Currrieuse maison, dit la femme en roulant les r. Currrieuse, vrraiment !

Elle sortit, bombant le torse et roulant des hanches pesantes, sans un au-revoir.

Cynthia s'effaça pour laisser passer Gaston.

— Entrez, dit-elle. Vous êtes bien matinal.

Il attendit qu'elle le précédât. Il la voyait avancer de dos, tendant un bras sans se retourner pour lui désigner un fauteuil. Elle contourna le bureau, se laissa tomber dans son siège, les coudes sur la table, les mains autour du visage, ne bougeant que pour retenir d'un geste machinal les cheveux qui lui tombaient sur les joues.

— Je vous attendais, finit-elle par dire. Je vous écoute, Gontran.

Elle l'examinait avec un demi-sourire figé, amer et déplaisant. Comme il se tassait, elle répéta, remuant à peine les lèvres, d'un ton agacé : « Je vous écoute. Je sais ce que vous allez me dire, mais ça ne m'empêche pas de vous entendre ».

— Vous savez… quoi ?

— Mais… tout, naturellement. Je sais toujours tout, ici.

— Qui vous a dit ?

— Rassurez-vous, ce n'est pas Boy. Ce serait affreux, n'est-ce pas, si c'était Boy ?

— Affreux.

— Ce n'est pas lui. Vous voulez que je vous dise ? C'est Stephen. Rien n'échappe à Stephen.

— Qui était la femme que je viens de croiser ? Que voulait-elle ?

Elle se rejeta en arrière d'un mouvement violent, se carra contre le dossier de son fauteuil, les deux mains crispées sur le bord du bureau.

— Vous faites bien de me poser la question, Gontran-Eudes ! Vous voulez savoir ce qu'elle venait faire ? Je vais vous le dire : (il y avait dans sa voix une colère encore contenue mais qu'on devinait prête à éclater) un RENDU, mon cher, un « rendu », comme aux Galeries Lafayette, quand on s'est trompé dans un achat ! Je regrette que vous ne l'ayez pas entendue : elle m'accusait de l'avoir trompée, de lui avoir vanté et « fourgué »… fourgué, c'est le mot qu'elle a utilisé, une « marchandise de second choix » : « Où l'avez-vous ramassé, celui-là ? Qu'est-ce que vous voulez que j'en fasse ? Que je m'encombre, ma vie durant, d'une être qui ne me convient pas, dont je ne pourrai plus jamais me débarrasser et qui se prendra pour *MON* fils ? » C'était sordide. Je me suis surprise à répondre des choses… (elle chercha le mot, ne le trouva pas, ou bien, parmi tous, choisit le plus neutre) : des choses vilaines, laides, à parler son langage : « Nous ne reprenons jamais rien, madame. Je veux dire : personne. Lisez votre contrat, c'est écrit dessus. » Elle hurlait que c'était un vol, que je ne me figurais pas qu'elle allait se laisser faire comme ça : « si c'est un procès que vous cherchez, vous l'aurez, comptez sur moi ! » Elle l'aurait fait. Elle sait bien que nous ne pouvons pas nous permettre de courir un tel risque. Je lui ai proposé un échange, elle a refusé. J'ai tout essayé : lui expliquer le traumatisme du gamin, lorsqu'après avoir fait quatre pas dans ce qu'il se serait imaginé être le paradis, il se verrait rejeté : « c'est une décision abominable que vous allez prendre, en avez-vous conscience ? » En vain tout cela, elle m'a rétorqué d'un ton glacé : « Qui veut faire cette chose abominable que vous prétendez, madame, moi ou vous ? Croyez-vous que cet enfant puisse être heureux chez moi dans de telles conditions ? Parce que *je ne l'accepte pas,* comprenez-vous bien cela ? Je ne l'accepterai jamais ! Pas même comme domestique ! » C'est sans doute cet argument-là qui m'a décidée.

— Décidé quoi, en fin de compte ?

— Je l'ai repris, que vouliez-vous que je fasse ? J'espère que ça ne s'ébruitera pas trop. Mais je redoute l'instant de son retour.

— Confiez-le à Boy. Il s'occupera de lui. Il saura.

— Vous croyez ? Oui, au fond, pourquoi pas Boy ? Je suis lasse, Gontran, très lasse.

— Je ne suis pas venu pour cela, fit-il d'une voix dure.

— Je sais. Vous voulez quoi ? Des explications ? Pas besoin d'expliquer beaucoup de choses, n'est-ce pas, du moment que vous avez tout compris ? Alors quoi ? Une justification ? Je n'ai jamais cherché à me faire passer pour une blanche colombe. Mes ailes, à vos yeux, perdent leurs plumes ? Je n'ai jamais eu d'ailes que dans votre imagination, mon pauvre ami.

— En arrivant ici, j'ai vu des caisses dans la cour. On les chargeait dans un camion.

Elle sourit. « Vous voyez bien : vous comprenez toujours tout, Gontran. Ce sont elles bien entendu. Les… les vôtres. Je ne pouvais plus les garder à Crèveloup après votre… exploration. C'était trop dangereux. »

— Qu'allez-vous en faire ?

— Stephen s'en charge. La suite concerne Malcolm. Il est naturel que mon mari m'aide comme je l'ai aidé en le faisant propriétaire de son mas. Un bienfait n'est jamais perdu. C'est moral, non ?

Elle s'empara d'une cigarette, l'arracha presque de son

étui, puis l'observa en la faisant rouler dans ses doigts, après quoi elle la remit où elle l'avait prise.

— Vous êtes vraiment étrange, Gontran. On dirait toujours que ce que je fais vous étonne ou vous scandalise. Vous ne vous dites jamais que peut-être j'essaie d'agir pour le mieux, que je me débrouille comme je peux, au gré des circonstances. Non, vous pensez : elle est monstrueuse. Je suis un monstre à vos yeux, Gontran, avouez-le !

— Je ne sais pas si vous êtes monstrueuse, Cynthia. mais je commence à comprendre que vous êtes monstrueusement inhumaine.

— Moi ?

— Je sais : vous ne vous en rendez certainement pas compte.

— Inhumaine ! Après tout ce que j'ai fait pour ces orphelins ! Parce qu'enfin, je l'ai fait ! Vous dites n'importe quoi !

Il soupira. Epuisé comme après une longue lutte.

— Alors ? fit-elle.

— Alors ?... Alors quoi ?

— Je ne sais pas, je vous le demande, je ne sais plus : vous êtes venu me voir, vous avez quelque chose à me dire : quoi ? une solution ? *vous avez* une solution à me proposer ? Si c'est pour cela, parlez, fichtre ! Bravo si c'est cela !

Elle n'attendait visiblement aucune réponse.

— Eh bien, poursuivit-elle sans même lui laisser le temps de réagir, allez-y, bon Samaritain, je vous écoute ! (Ironique. Volontairement blessante) : Allons, j'attends ! Accouchez-en, de votre solution-miracle !

— Cynthia, dit-il posément, les gosses, bon, à la rigueur je comprenais. Mieux, j'approuvais. Vous ne leur faisiez pas de mal, au contraire.

— J'aime vous l'entendre dire.

— Acheter des enfants, les revendre. Avec bénéfice, je suppose.

— Vous supposez juste : avec bénéfice. Du moins... j'essaie.

— Mais les armes, Cynthia ! Trafiquer d'armes, dans quel but ? Au bénéfice de qui ?

Cette fois elle sourit franchement :

— Mais au mien, Gontran, au mien.

Il écarta les bras, vaincu :

— Je ne sais plus quoi vous dire. Vous me désarmez.

— C'est assez joli : vous, je vous *désarme !*

— Ne plaisantez pas. Je ne veux pas savoir à qui vous les vendez. A la rigueur, je m'en fiche ! Je ne veux rien. Je ne veux plus rien savoir ! Mais je ne veux pas être mêlé à tout cela.

— Taisez-vous donc ! Vous êtes très soucieux de savoir où elles vont, avouez-le ! Mais vous ne me demandez pas d'où elles viennent. Vous a-t-on jamais dit que la France est le plus important pourvoyeur de machines à tuer d'Europe, du monde peut-être ? Quand c'est très — ou trop gros, des avions, des chars, des vedettes lance-torpilles, on ne s'en cache pas trop. Ce serait plutôt difficile. Et puis on vend ça à d'autres gouvernements, sans bien se demander s'ils sont légitimes ou non, durables ou non (le légitime d'aujourd'hui étant le subversif de demain et vice-versa). Et de gouvernement à gouvernement, n'est-ce pas, ça ne choque personne, c'est du commerce, seulement du commerce, franc, honnête et loyal, et tout ! Mais la petite drouille, les fusils, les grenades, les mitraillettes, ça, ça fait moins « propre ». Et les clients sont moins « évidents ». Sans doute se demande-t-on, comme vous venez de le faire, chez qui ça va ? Qui ça servira à tuer ? Des petits gars de chez nous, si ça se trouve, appelés à la rescousse par un « gouvernement » aussi branlant qu'allié. On a beau ne pas être trop regardant, ce qu'on ne peut pas faire soi-même, il faut bien le faire faire par les autres. Discrètement. Généreusement. « Les autres », en la circonstance, c'est nous. Comprenez-vous ?

Faisait-elle exprès d'étaler ce cynisme ? Son front, qu'elle gardait lisse et jeune, ses yeux si pleins de candeur pouvaient-ils vraiment dissimuler de tels calculs ?

— Les enfants, prononça-t-il sourdement, ne vous suffisaient donc pas ?

— Je ne vous ai pas dit toute la vérité, Gontran. Les enfants me coûtent cher, très cher, et me rapportent peu. (Agressive soudain) : *Les enfants ne sont pas rentables,* si vous voulez le savoir ! Les armes, elles, le sont. Ce sont elles qui comblent le déficit. Les machines de mort au secours de la vie, vous ne trouvez pas que c'est moral, ça ?

Il la sentait au bord de la crise. Pleurera ? Pleurera pas ?

— Je vous jure que ce n'est pas commode, poursuivit-elle plus calmement. Truquer à ce point la comptabilité de Crèveloup n'est pas de la sucrette ! Un dangereux travail d'équilibriste ! Peut-être un jour vous expliquerai-je tout cela en détail : vous comprendrez alors ce que j'ai fait, ce que je continue à faire pour eux. Peut-être me mépriserez-vous un peu moins.

— Mais *des armes,* Cynthia ! N'y avait-il pas d'autre moyen ?

— Quel moyen ? Trouvez-en un ! Ça vous scandalise, n'est-ce pas, vous, l'« homme d'honneur » ! Mais ça ne vous choque pas qu'on laisse mourir des enfants pour épargner des adultes, et qui plus est des adultes combattants, meurtriers de toutes façons, avec *mes* armes ou avec d'autres ?

— Qui vous dit que *vos* armes ne tueront que des adultes ?

— Et qui vous dit qu'elles tueront qui que ce soit ? Si toutes les armes du monde devaient servir, il y a belle lurette que le globe ne serait plus qu'un colossal charnier ! Ah, et puis vous me compliquez tout !

Etait-il possible d'être à la fois aussi froidement calculatrice et folle à ce point ? Il vida son cœur :

— Ne cherchez pas d'alibi, Cynthia. Avouez donc la vraie raison de tout cela.

— La vraie raison ? Quelle raison ?

— Malcolm.

— Qui ?

— Malcolm, la fortune de Malcolm, ses terres, son titre que vous avez bien failli lui faire perdre et que vous vous battez pour le lui sauver. Votre amour pour Malcolm !

Elle se figea, le fixant d'un regard presque égaré.

— Laissez donc Malcolm tranquille ! hurla-t-elle. Malcolm vaut mieux que vous tous, Malcolm n'est pour rien dans ce qui se passe. Il a tout donné, tout ! Vous, ajouta-t-elle avec dédain, je vous ai tout pris, c'est différent.

Je vous ai tout pris parce que vous vous êtes tout laissé prendre !

Une nouvelle fois elle changea d'attitude. Déroutante. Imprévisible. Se fit humble, se laissa tomber à genoux auprès de lui, chercha la main qu'il ne songea même pas à lui refuser, qu'elle referma entre les siennes et caressa, doucement, comme un oiseau meurtri par mégarde et qu'on cherche à ranimer.

— Pourrez-vous jamais me pardonner ? Il y a des moments où je dis n'importe quoi. Mais vous m'aviez blessée. Je sais ce que je vous dois, Gontran. Je ne l'oublierai jamais.

Un bruit de moteur dans la cour leur fit tourner la tête. Gontran n'eut que le temps de reconnaître la camionnette qui passait le portail et s'engageait sur la route.

— Voilà, murmura-t-elle, vous voyez : il n'y a plus que les enfants maintenant.

Elle se releva avec effort. Il ne fit rien pour l'aider.

— Vous voyez, reprit-elle. Vous voyez bien...

Avant de sortir, il demanda :

— Qui conduisait la camionnette ?

— Stephen, naturellement. Qui voulez-vous ?...

Il pleuvait.

Il fallait se faire une raison, c'était comme ça depuis le matin, depuis que Julien avait tiré les rideaux sur une aube grise d'exécution capitale. Les traînées rouges qui striaient l'horizon furent vite dévorées par un ciel couleur de taupe.

— Regardez-moi ça, ronchonna le baron en tendant l'index, on dirait des crachats de tuberculeux sur un mouchoir sale !

Julien fit la moue mais ne releva pas le propos. Il fit seulement remarquer :

— On n'a pas idée, avec un temps pareil ! Pouvez pas remettre ça à plus tard ?

La pluie s'était mise à tomber vers six heures : des fils minces et réguliers qui s'alignaient le long des vitres en gouttelettes parallèles et tristes.

— Fera peut-être meilleur là-bas, dit Julien comme pour se consoler.

Gontran se secoua. Il n'en voulait pas à Julien. Il ne comprenait que trop son envie de parler pour ne rien dire, de trouver dans le creux des mots un exutoire à son malaise. Ce n'était pas la première fois. Ça remontait déjà à quelque temps. un besoin comme ça de rouspéter pour un oui ou pour un non, de parler tout haut sans raison. Julien ne s'habituait pas au nouveau mode de vie de la Roche-Cervières. Au début, il avait accueilli le changement avec un certain plaisir : les chevaux, les instructions de Cynthia, l'ambiance de gaieté parfumée qu'elle apportait avec elle et qui dépoussiérait presque miraculeusement la vieille demeure. Même les traditions mises au rancart comme l'étiquette des repas du soir. Et puis, ce qui ne gâtait rien, on ne « tirait plus » financièrement ! A la longue malheureusement le caractère du baron s'était assombri. Cela s'était fait progressivement. Songeur pour commencer, il était petit à petit devenu ombrageux, puis visiblement inquiet. Ce voyage décidé à la hâte ne faisait que confirmer les appréhensions de Julien. Il sentait trop bien qu'il ne s'agissait pas d'une nouvelle lubie. Contrairement à son habitude, le baron ne lui avait fourni aucune explication : « Je suis obligé de m'absenter quelques jours, je ne peux pas te dire combien exactement. » — « Monsieur n'a pas besoin que je l'accompagne ? » — « Non, je dois partir seul. »

— Mais monsieur reviendra ?

C'était une plaisanterie, mais teintée d'inquiétude. Gontran se mit à rire :

— Bien sûr que je reviendrai ! Julien, voyons !

— Monsieur veut bien que je l'aide à passer ses bottes ?

— Si tu veux, Julien.

— Monsieur a encore le temps. Le déjeuner est prêt. J'ai fait une omelette. Au lard, comme monsieur les aime. Avec une pincée de fines herbes.

— Pas de fromage, j'espère ?

— Oh ! monsieur le baron ! Dans une omelette au lard ! — Il n'est pas bon de partir l'estomac vide, se crut-il tenu d'ajouter.

— Tu es ma providence, Julien !

« Monsieur » avait autant envie d'une omelette à six heures et demie du matin que d'aller sarcler les plates-bandes du potager sous la pluie, mais le ton de Julien était sans réplique : « Monsieur » mangerait l'omelette, bravement, sans rechigner. Julien le regarda faire, planté devant lui, les mains croisées sur son tablier bleu à poche ventrale. Le baron refusa pourtant d'emporter l'en-cas qu'il lui avait préparé : « Tu me vois avec ce paquet à la main ? Et casser la croûte dans le compartiment ? » — « Sans doute, monsieur, si monsieur le baron pense... enfin, j'aurais cru... le taxi sera devant la porte à sept heures quinze précises, monsieur le baron ».

Il y fut, avec beaucoup d'exactitude. Julien ouvrit le parapluie, le tint comme un dais au-dessus de Gontran, puis le referma et le lui tendit. Gontran ne le prit pas. « Mon imperméable et mon chapeau suffiront, Julien, j'ai été militaire ! — Et puis ce temps-là ne va pas durer. » C'était de l'optimisme, mais l'idée de traîner un parapluie avec lui le révulsait. Il se pencha une dernière fois à la portière, rappela Julien d'un signe du doigt :

— Inquiète-toi de savoir si Boy n'a besoin de rien. N'oublie pas, c'est important.

— Monsieur peut être tranquille. Au revoir, monsieur. Bon voyage, monsieur.

Il se tenait debout sur le perron agitant la main (avec modération) dans un geste d'adieu. Légèrement incliné en avant, à cause du parapluie qu'il tenait la pointe inclinée vers le sol, légèrement en biais pour ne pas recevoir sur les pieds l'eau qui en coulait.

Dans le train, Gontran prit des secondes classes. Une vieille habitude : en fait une tradition de famille qui datait du temps où il y avait encore des troisièmes. Voyager en première était un luxe réservé à « ceux qui ne payaient pas », les fonctionnaires des chemins de fer, les élus de la République, tous gens qu'on tenait en mésestime tout en les enviant secrètement. Les troisièmes étaient faites pour le « peuple », qu'on aimait bien mais avec qui on ne frayait guère « au dehors ». Serrer les mains d'un paysan au village, boire un pot le dimanche avec lui après la messe ou le faire asseoir à sa table quand il venait rendre compte au château étaient choses très différentes du fait de s'asseoir sur la même banquette de train, fesse à fesse avec des inconnus. L'armée elle-même n'avait pas réussi à modifier cette optique. Confondre sa sueur et son sang avec un deuxième classe ou à plat-ventre avec un Sikh dans la pierraille brûlante d'un défilé indien n'avait jamais justifié une cohabitation au mess des officiers. Gontran ne put s'empêcher de sourire. Cette ségrégation lui paraissait tellement vaine aujourd'hui ! Les fils de ses fermiers roulaient voiture de luxe et lui, désargenté, s'accrochait à une ruine qu'après sa mort achèterait quelque charcutier enrichi, trop fier de laisser les portraits d'ancêtres pendus aux murs de la Roche-Cervières. N'empêche qu'il avait cédé à un infinitésimal sentiment de désarroi lorsqu'au moment de prendre son billet, il avait appris du guichetier que les troisièmes n'existaient plus.

Un peu après Lyon le temps s'éclaircit. A travers la vitre du compartiment sur laquelle la pluie avait séché en chapelets de poussière sale, le ciel s'ouvrait sur un fond bleu-nattier uni, fragile comme une porcelaine, d'abord clair et vide, puis de plus en plus assombri et plus dur où se mirent bientôt à cavalcader des nuages blancs qui lui rappelèrent les chevaux fous de la Camargue. Il songea aussitôt à Bellérophon, consulta sa montre. Julien devait être en train de le faire sortir de son box. Julien avait pour Bellérophon des attentions de mère, des angoisses parfois lorsque l'animal prenait un certain air triste et lointain qui conférait à son profil effilé une expression humaine. De Bellérophon sa rêvasserie vagabonda jusqu'à Arabella, et d'Arabella à Cynthia. Il se rencogna contre le dossier de son siège, mécontent. Cynthia ! Quoi, Cynthia ? Pourquoi elle encore ? Toujours et toujours Cynthia ! Il voulut s'arracher à l'importun souvenir, se força à admirer les premières haies de cyprès, les oliveraies qui jadis lui faisaient le cœur si chaud dés qu'on abordait le midi de la France : de chaque côté de la voie, des rangées d'ifs, parfois un peu échevelés par le mistral, annonçaient la Provence, le soleil et la mer. Les toits rosissaient, pâles et rassurants, les façades des maisons devenaient plus blanches et les volets verts. Bientôt apparaîtraient les pins parasols et ceux, nains et tordus, qui dansaient leur sabbat parmi les roches rouges où se fracassait l'écume.

Cynthia... allons, ça recommençait ! Un regret, peut-être un remords : « J'aurais tout de même dû la prévenir. » Mais pour lui dire quoi ? Quel prétexte lui donner ? Savait-il seulement bien lui-même ce qu'il allait faire exactement, pour quelle raison précise autre qu'une lubie il se trouvait dans ce train, mécaniquement occupé à suivre à travers une vitre crasseuse, la fuite latérale des garrigues et à retourner dans son esprit des lambeaux d'idées sans queue ni tête ?

Il cessa de se tourmenter lorsque des soucis plus immédiats s'imposèrent à lui : ne pas rater la gare et, une fois descendu du train, résoudre le plus préoccupant des problèmes : « Comment s'y prendre pour monter là-haut ? ».

Finalement, ça ne se passa pas trop mal. Un taxi brinquebalant l'avait pris en charge et maintenant il se tenait là, debout, sa petite valise (démodée, en beau vieux cuir d'autrefois, mais démodée) à la main, en pardessus et le chapeau sur la tête, gauche et désorienté.

— Quoi ? cria Malcolm, vous ? Si je m'attendais à vous voir sortir de cette guimbarde !

— Vous attendiez quelqu'un d'autre ?

— C'est-à-dire... Non, non, personne, mais en tous cas pas vous !

Ça commençait comme un mauvais vaudeville. Malcolm s'approcha de lui, déboutonna le seul bouton qui tenait son manteau fermé.

— Débarrassez-vous de vos affaires, mon vieux ! Vous allez crever de chaud. Votre veste aussi, allez ! On vit en manches de chemises ici, quand ce n'est pas le torse nu ! Il faisait si froid que ça, là-haut chez vous ?

— Pas vraiment froid, non. Mais mauvais, très mauvais.

— Ah là là ! la mousson, hein ? Vous vous rappelez cette foutue foutaise de mousson ?

— Curly, appela-t-il encore, Curly !

Il expliqua :

— Curly, c'est moi qui l'appelle comme ça. A cause de ses boucles, vous verrez : un vrai petit ange ! Il y a des jours où j'ai envie de lui tresser une couronne de roses et de la poser sur ses cheveux, comme pour la procession, à la Fête-Dieu. En réalité, il s'appelle Gélose. Gélose ! a-t-on idée ? Et encore ce n'est peut-être même pas son vrai nom. Grec, arménien, est-ce que je sais ? Il y a eu de sales tourmentes aussi, en Europe. Autant qu'en Inde, dans le monde entier, partout. Et les grandes tourmentes ça fait des grosses vagues ; et les vagues, ça vous crache un tas d'épaves sur le rivage. Curly en est une. Né comme l'écume de la mer, comme Vénus, ou descendu du ciel peut-être, comme un chérubin !

Il parlait très vite, comme pressé d'arriver au bout de ses phrases, d'en finir avec ce qu'il avait à dire. Gontran l'écoutait, un peu surpris, cherchant à retrouver à travers l'homme aux traits burinés qui alignait, en détournant légèrement la tête, des mots inattendus, le Malcolm d'autrefois : à cheval, paradant à la tête de ses hommes devant le Vice-Roi, ou l'autre, mortellement blême, debout, figé sous l'outrage du sultan.

— Curly, mon petit…

Quel âge pouvait avoir l'adolescent ? Seize ? Peut-être dix-sept ans. C'est vrai qu'il avait l'air d'un séraphin, mais un séraphin au regard pénétrant, par lequel Gontran se sentit d'emblée jaugé, évalué comme un objet. Le baron chassa l'idée qui lui venait : « un regard de femme jalouse. » Malcolm approcha une chaise de fer de la table ronde.

— Vous devez crever de soif, vieux frère. Je n'ai pas de whisky, mais vous prendrez bien un pastis. Vous n'avez rien contre, j'espère ?

Gontran se carra doucement dans son siège. Une mollesse imprévue l'envahissait. L'air sentait le pin en sueur, la broussaille envahie de liserons. Le soleil était chaud sans être brûlant. Gontran le sentait s'épandre sur son front, ses joues, ses épaules à travers l'étoffe légère de sa chemise, rassurant comme une caresse un peu maternelle, depuis longtemps oubliée. Une paix totalement différente de celle qu'il appréciait dans l'ombre vivante de la Roche-Cervières quand le soir les bougies vacillaient sous l'haleine qu'exhalaient les profondeurs secrètes du château. « Quelle veine, ces gens du Midi ! » Mais la Roche aurait-elle gardé ce charme subtil si les cyprès avaient remplacé les chênes, si tant de douceur un peu mièvre, un peu trop rassurante, l'avait envahie de sa scandaleuse allégresse ?

Curly réapparut, un plateau à la main, servit le liquide ambré dans lequel il laissa couler un filet d'eau fraîche qui le troubla aussitôt. Gestes sans intention précise, rassurants, engourdissants. Curly tendit un verre à Gontran, en poussa un autre vers Malcolm contre qui il vint se pelotonner. Les doigts fins et longs de l'Anglais se perdirent dans ses cheveux et tricotèrent les boucles blondes d'un mouvement familier et tranquillement habituel.

— Moi aussi, commença Gontran…

Il parla de Boy, mais au fur et à mesure qu'il racontait son protégé, s'imposaient à lui des similitudes et des contradictions qui alternativement rapprochaient ou éloignaient les deux enfants perdus et retrouvés.

— Il est très jeune, n'est-ce pas ? observa négligemment Malcolm. Trop jeune bien sûr, beaucoup trop. Curly, c'est autre chose naturellement.

Les yeux de biche du garçon se tournèrent vers lui, papillotèrent brièvement, puis ses cils s'abaissèrent et voilèrent son regard.

— Je suppose, fit Malcolm, que vous venez me parler de Cynthia. J'ai trop aimé les femmes, Gontran, et parmi elles toutes, Cynthia, plus que toutes les autres réunies ! Comprenez-vous que j'en sois un peu fatigué ?

Curly se laissa glisser, appuya sa tête sur les genoux de l'homme qui s'attacha à lui lisser les cheveux, comme on fait à un chien familier (… ou à une femme, gambergea le baron. A une femme asservie.)

Les sentiments qui liaient les deux êtres n'étaient que trop clairs : multiples et sans doute enchevêtrés, mais clairs. Curly était à l'exacte frontière qui, un court espace de temps, sépare l'enfance de l'adolescence. Oiseau perché sur une branche que le vent épargne temporairement, qu'une rafale soudaine peut à chaque instant faire envoler, mais qui dans le présent se laisse bercer et s'abandonne, offert et confiant. Le Français s'en voulut d'avoir eu la faiblesse de lui comparer Boy. Boy autre chose, tellement autre chose ! Son petit à lui, Boy. Mais la branche sur laquelle reposait Boy était, elle aussi, frêle et menacée. Beaucoup plus que celle de Curly.

La révélation que venait de lui apporter Malcolm bouleversait les plans du Français mais (et il s'en étonnait) ne le choquait pas. Il n'eut qu'un faible effort à consentir pour reprendre pied sans se laisser noyer par les conventions sédatives ou les condamnations et les sélections arbitraires que lui avaient inculquées des générations de traditions. Ce lui fut d'autant plus facile qu'il n'était en rien sollicité ni à plus forte raison impliqué. Tout juste interloqué : à peine. « Malcolm, se répétait-il en lui même, Malcolm avec un giton ! » Tout juste imperceptiblement scandalisé : le qualificatif dégradant, intentionnellement recherché pour son caractère avilissant, perdait tout pouvoir devant le simple tableau de l'homme et de l'adolescent chastement enlacés.

— Rien ne doit vous empêcher de me parler de Cynthia, poursuivit Malcolm gentiment. C'est des femmes que j'ai assez, des femmes en général. Cynthia, c'est tout-à-fait autre chose, un cas très spécial. Ce que nous éprouvons l'un envers l'autre ne répond à aucun vocable du courrier du cœur. Un homme peut bien ne plus se laisser prendre au charme des sirènes, mais néanmoins chérir — très tendrement — une sœur (il hésita puis sourit) :... un peu incestueuse, naturellement.

Il reposa son verre avec précaution, le contempla quelques instants d'un air réfléchi avant de le lâcher, fit claquer sa langue.

— Si vous le voulez bien, baron, j'aimerais que nous parlions d'elle très librement. J'imagine que vous êtes venu dans cette intention ?

Il l'appelait ainsi autrefois : « baron », avec cette même intonation condescendante et amicale.

Comme Curly faisait mine de se lever, il le retint.

— Tu peux rester, Curly. Pourquoi t'en irais-tu ? Je l'ai follement aimée. Enfin, aussi follement qu'un Anglais bien-né peut aimer une fille. J'ai été jaloux d'elle. Autant que le même Anglais élevé à Eton peut l'être, et, croyez-moi, cela peut aller jusqu'au crime, à condition naturellement de ne pas se livrer à un tapage malséant et de se garder d'importuner les voisins.

Un pli légèrement sardonique gauchit ses lèvres.

— *Vous* m'avez rendu très jaloux, je dois le dire, baron. C'en était… inconvenant.

La conversation risquait de prendre un ton désagréable mais Gontran comprit qu'il fallait jouer le jeu :

— Vous l'avez jetée dans mes bras, rétorqua-t-il durement. Pourquoi avez-vous fait cela ?

La réponse vint spontanément, accompagnée d'un rire de la gorge :

— Vous brûlez les étapes, mon cher. Vous me posez d'emblée la question à dix-mille balles. Me croirez-vous si je vous réponds que je n'en savais fichtre rien, et que je l'ignore encore aujourd'hui ?

— Ne trichez pas. *Il y avait* une raison.

— Pas une seule. Plusieurs, bien entendu, et encore… je ne les connaissais pas toutes. Peut-être d'abord une certaine soif de certitude ; faire tomber les points d'interrogation comme on joue aux quilles : vous et elle, elle et le sultan. En existait-il d'autres ? Pourquoi pas après tout ? Je veux bien admettre que ce qui n'était pas clair pour moi ne l'était pas davantage pour vous… ou pour elle. Sur ce plan je ne serais vraisemblablement pas plus avancé aujourd'hui qu'à cette époque-là, s'il n'y avait pas Curly. Sa présence a tout rendu facile entre Cynthia et moi. Pourquoi aurions-nous continué à nous mentir ? Et puis naturellement il y avait les mobiles politiques, trop longs à vous expliquer. Muhammad avait décidé de se débarrasser de moi. Il était inadmissible que lui, sultan musulman, eût en commun avec un infidèle britannique une femme et une maîtresse. Assez drôle comme situation, n'est-ce pas ? Aujourd'hui on appellerait cela une partie carrée et cela n'intéresserait personne. Il ne l'entendait pas ainsi et faisait une tragédie de ce qui n'était qu'une pièce de boulevard.

Aucune connivence n'était possible. Ce ne fut jamais un échange : nous nous les arrachions et le fait d'avoir conquis l'une d'elles ne nous incitait pas à renoncer à l'autre. Vous, vous étiez au milieu du damier, une pièce incongrue, un pion d'échecs égaré dans un jeu de dames. Je vous ai accordé votre tour de jouer : un tour auquel vous n'aviez pas droit. Le sultan l'a parfaitement compris et trouvé amusant ou habile de favoriser ma petite relance. Je n'ai jamais exactement démêlé quel but exact il poursuivait, mais je le voyais développer sa tactique. Je me faisais une joie mauvaise d'y participer. Nous nous haïssions. Il vous a détesté en fonction de cette haine parce que vous étiez mon ami et que Cynthia et vous aviez envie l'un de l'autre. Elémentaire, mon cher Watson !

— Et... puis-je vous demander ce qu'il est advenu de toute cette haine aujourd'hui ?

— Pourquoi haïrais-je ? Je n'ai plus mal.

Il vida son verre à longues goulées puis le tendit à remplir à Curly.

— En fait, fit-il d'un air parfaitement détaché, c'est une chose très singulière que vous ayez décidé de venir maintenant. J'attends Muhammad demain.

— Comment ? Vous... vous l'avez invité... ici ? Mais pourquoi ? D'où vient-il ?

— Très exactement, c'est Cynthia qui me l'envoie.

***

11.

— Les armes ? Eh bien quoi, les armes ? Elles sont ici, les armes, où voulez-vous qu'elles soient ?

Gontran se sentit happé par le coude, entraîné dans une sorte de grange qui fermait la terrasse à l'est.

— Du moins celles qui sont déjà arrivées. Stephen les a apportées hier, ce n'est pas vieux. Le premier voyage, bien sûr ; il y en aura d'autres. Faites attention, baron, c'est un peu acrobatique.

Il fallait sauter le parapet, retomber en contrebas sur une sorte de sentier bordé d'un mur percé d'une porte qui s'ouvrit en grinçant. Un rideau de chèvrefeuille la dissimulait aux regards.

— Je vous comprends mal, Gontran. Qu'est-ce qui vous a pris de faire tout ce drame ? Qu'avez-vous trouvé de répréhensible à ce stock d'armes ? Républicainement illégal, c'est ça ? Vous, un aristocrate ! Ce n'est pas sérieux ! Cynthia s'est fait un mouron terrible à cause de vous.

Les caisses étaient là, sagement alignées, moins nombreuses que celles de Crèveloup.

— Personne ne viendra les y chercher. De toutes façons, elles ne restent jamais longtemps. D'ailleurs c'est à cause de vous : Cynthia aurait préféré ne pas me mêler à ces histoires.

C'était quoi ? De l'inconscience ou du cynisme ?

— Parce que moi, c'était sans importance ?

— Voyons, baron ! ce n'est pas la même chose ! Vous, que ne feriez-vous pas pour elle ?

Evidemment…

Malcolm paraissait beaucoup s'amuser.

— Si vous aviez vu la tête des copains quand je les ai jonglés ! Ils n'ont rien compris, ils ont dû croire que je devenais, comment dites-vous ? cinglé ! Allez ouste, et que ça saute ! L'ennui, c'est que ça risque de leur mettre la puce à l'oreille et qu'à tout moment il peut en arriver d'autres. C'est devenu un vrai caravansérail, ici ! Certains jours je me demande si je ne suis pas entré à l'Armée du Salut !

Ils ressortirent.

— Justement, Malcolm. Il est indispensable que nous parlions de tout ça.

— Eh bien, bravo, allons-y ! Ce sera bien la première fois depuis que nous nous connaissons que nous parlerons à cœur ouvert ; profitons-en ! Qu'est-ce qu'on fait ? On remonte ou on marche un peu ?

— Marchons, si vous voulez.

Ils s'engagèrent dans un passage rocheux par dessus lequel s'emmêlaient des branches de noisetiers formant voûte. L'odeur de chèvrefeuille les accompagna puis disparut, absorbée par celles du thym et des plantes sauvages.

— Vous ne saurez jamais, baron, à quel point Cynthia est merveilleuse. Vous l'aimez trop, ou du moins elle vous éblouit trop pour vous en rendre compte ! A cause de cela vous ne la connaîtrez jamais. Moi, je n'aurais pas dû l'épouser. A la rigueur peut-être en faire ma maîtresse. Ou pas. Mais ma complice sûrement, et prendre avec elle un autre chemin que la route des Indes. La chevaucher, ajouta-t-il avec une brutalité intentionnelle (et son regard cruel fouillait celui de Gontran, guettait l'effet produit), comme un de ces petits mustangs indomptés qu'on nous donnait à dresser, vous vous rappelez ? (Il s'interrompit, rêveur et absent) Seulement, n'est-ce pas, il n'y aurait pas eu Curly ! Alors !... Cynthia, c'était tout ce qu'on voulait, comprenez-vous ? l'excitation, la fureur de vivre. Curly, (mais je ne crois pas que vous puissiez me comprendre) c'est... le bonheur !

Gontran ne crut pas devoir répondre. Dire quoi, d'ailleurs ? Est-ce que Malcolm s'était même adressé à lui ? Il se sentait ravalé à ce qui avait peut-être été son vrai rôle depuis le début de l'invraisemblable aventure : un prétexte. Un témoin et un prétexte.

Une confidente, si on avait joué Racine ! Il fondait d'amitié pour lui, Malcolm ! Pour le témoin-prétexte-auditeur bienvenu, tombé du ciel au bon moment, qui le délivrait de la contrainte de se confesser au vent, à l'ombre tremblante des feuilles, à l'oiseau-flèche qui sabre le ciel. Parler pour une oreille, pas pour le désert, c'est cela que Gontran apportait à Malcolm, pour cela que Malcolm se sentait pris pour lui d'une sympathie saugrenue.

Depuis le début, un prétexte. Et un instrument. Il avait tout accepté, toujours, sans protester, sans se défendre, sans même vraiment chercher à comprendre. Pourquoi ? Mais oui, pourquoi bon Dieu ?

— Cynthia vous a bien eu, reprit Malcolm. Elle finit toujours par avoir tout le monde : vous, Muhammad, moi, même ce crétin musclé qu'elle traîne avec elle et dont j'ai oublié le nom.

— Stephen ? Cynthia n'est pas une femme pour Stephen.

— Non, mais Stephen est un homme pour Cynthia : un lutteur de foire, une force physique qui sans doute la comble à certains moments mais qu'elle se délecte de pouvoir asservir en l'écrasant sous l'évidence de sa supériorité. Cynthia est une aristocrate, une vraie. Il n'y a que les vrais aristocrates pour savoir s'encanailler avec grâce. Je le lui ai pourtant dit : une bien petite victoire, mesquine, sur un adversaire indigne d'elle. Je lui en ai fait le reproche parce que je ne supporte aucune bassesse chez elle. Je lui ai fait remarquer qu'elle aurait pu se choisir un partenaire à sa taille. Savez-vous ce qu'elle m'a répondu ? « Je ne choisis jamais : j'allume mes lamparos et les petits poissons viennent d'eux-mêmes se prendre à mon filet. Les petits et... les gros. Pourquoi me fatiguer ? »

— Et vous l'avez crue ?

— Est-ce que vous ne la croyez pas toujours quand elle dit quelque chose ?

Il cessa de marcher, se retourna vivement vers Gontran, le prit aux épaules.

— Vous ne vous êtes même pas battu ! A aucun moment ! Vous êtes-vous seulement interrogé sur vous-même ? Je vous ai connu différent, là-bas. Combattant parmi les hommes. Conquérant avec les femmes. Elle vous a essoré comme une vieille serpillière. L'avez-vous donc aimée à ce point ?

Exactement la question qu'il avait toujours refusé de se poser. Il répondit, stupidement :

— J'ai eu confiance en elle. Ai-je eu tort ? Dans le fond, j'ai encore confiance. Ce n'est pas possible qu'elle se soit seulement servie de ces gosses. Je crois... je suis sûr qu'elle a sincèrement voulu les sauver. Ce n'était pas facile. Pour le reste elle... elle a dû se laisser entraîner.

Malcolm éclata de rire.

— Cynthia ? Se laisser entraîner ? Ah, ah, elle, Cynthia !

— Venez, dit brusquement Gontran. Rentrons.

Malcolm le suivit : « Je n'ai pas voulu vous fâcher », bredouilla-t-il.

Lorsqu'ils repassèrent le mur, ils aperçurent une voiture sur la terrasse. Adossée au capot, Cynthia parlait à un homme qui se retourna en les entendant venir.

— Muhammad ! prononça Gontran, saisi. La soudaine pâleur de Malcolm, qui l'avait rejoint, l'effraya : l'Anglais avait-il oublié autant qu'il le prétendait ?

— Vous voilà donc tous réunis !

Cynthia « recevait », parfaitement à son aise. Désinvolte. Au point d'ajouter, avec une douceur perfide : « comme autrefois ! » Du grand art !

Elle s'approcha de Gontran, lui souffla à l'oreille : « Aidez-moi donc un peu, vous ! Regardez-les tous les deux : ils s'épient comme des gladiateurs. Malgré toutes ces années passées, comme si elles n'avaient pas tout emporté, sauf ce vieux ressentiment poussiéreux. » La mimique du baron signifiait clairement « Que voulez-vous que j'y fasse ? »

Il tenta pourtant de la raisonner.

— Vous êtes le seul lien entre nous.

Autrement dit : à vous de jouer !

On nageait en pleine incohérence. Malcolm intervint, assez sottement :

— Qu'avez-vous fait de Stephen ? (il ne put se retenir d'ajouter) : il ne manque plus que lui, n'est-ce pas ?

Elle ne se montra ni surprise, ni prise au dépourvu. On aurait dit qu'elle avait tout prévu, envisagé jusqu'au moindre développement d'un dialogue qui tournait à l'absurde :

— Je l'attends. (elle fit face à Gontran, expliqua, comme s'il était celui à qui elle devait des comptes) : Il ne pouvait pas tout emporter en un seul chargement. Mais le prochain sera le dernier, je vous le promets. Vous êtes satisfait ?

Curly s'était collé à Malcolm, qu'il fixait avec adoration. Elle s'approcha de lui, souleva son menton avec deux doigts : « Va nous chercher à boire, Curly. Et des chaises, tu veux ? » Elle attendit qu'il se fût éloigné, énonça, pensive :

— Ravissant ! Il est vraiment ravissant, Malcolm ! Vous avez toujours eu un goût tellement sûr !

Muhammad, sur l'épaule de qui elle avait posé un coude, se dégagea avec humeur :

— Peut-être pourriez-vous maintenant nous expliquer ce que nous faisons tous ici ?

Malcolm gronda :

— Que voulez-vous que ce soit, sinon un bilan ?

— Un dépôt de bilan ! cria soudain Gontran. Je ne veux plus rien avoir à faire avec tout cela. Rien !

Cynthia intervint sur le ton de la conversation la plus banale : « Vous êtes le seul qui soit venu ici de son plein gré. »

— Il sera aussi le seul à ne pas s'en tirer, grommela le sultan.

— A qui la faute ? Il a été le seul à ne pas se défendre. (Elle se tourna vers lui, presque agressive) : Vrai ou faux, baron ?

— Je crains qu'elle n'ait raison, intervint encore le sultan, mais cette fois avec onction. Vous n'avez plus à vouloir ou non. Vous êtes dans le bain jusqu'aux moustaches.

Son accent arabe aux résonances gutturales se mêlait avec assez de bonheur à l'affectation mesurée de la langue anglaise.

— J'étais d'accord pour les enfants. Pas pour les armes.

— Vous étiez d'accord pour m'aider. Jamais vous n'avez posé de conditions. Qu'est-ce que c'est que cette affection à tiroirs qui vous fait vous dérober lorsque le terrain vous semble devenir mouvant ?

— D'autant plus, appuya Muhammad, qu'il n'y a eu les armes que parce qu'il y avait les enfants.

Curly revenait, tenant à bout de bras un plateau sur lequel les verres cliquetaient. Malcolm se saisit de la bouteille où scintillaient des étincelles rouge-sang.

— Un Gigondas de derrière les sarments : vous m'en direz des nouvelles !

Ils burent sans cesser de s'observer par dessus leurs verres.

— Un peu lourd, mais agréable, apprécia le sultan.

— Je l'aime comme ça, dit Malcolm. Frais mais pas trop, désaltérant sans perdre son corps pour autant.

— Vous ne comprenez pas, fit Gontran. Ou vous ne voulez pas. J'en ai assez. Je veux me retirer.

Cette idée les fit rire. « Le P.D.G., exulta Muhammad, le P.D.G. veut s'en aller ! *Vous* laisser tomber, Cynthia ! Vous avez présumé de vos forces, mon cher ! »

— Ne faites pas l'enfant, Gontran, dit-elle. Vous ne *pouvez* plus partir. Vous êtes responsable, que vous le vouliez ou non, de tout ce qui s'est fait jusqu'ici. Et de plus engagé financièrement, jusqu'à votre dernier centime. Totalement : même votre château.

— Ne vous en faites pas trop, gloussa Malcolm en se resservant à boire. Si vous saviez comme c'est agréable de ne plus rien posséder !

Il s'approcha du Français, posa sur sa nuque une main amicale :

— A la limite, vous pourrez toujours vous réfugier ici. Ce n'est pas une proposition en l'air : je vous y accueillerai avec joie.

— C'est ça, ricana Cynthia. Et vous y amènerez Boy !

Il se retourna vers elle, piqué au vif : « Je vous interdis… »

Le sultan s'agita :

— J'aimerais que vous cessiez vos gamineries, tous autant que vous êtes. Je ne suis pas venu jusqu'ici arbitrer vos caprices. (Se tournant vers le baron) : Je ne pensais pas vous y trouver, mais puisque vous y êtes, tant mieux après tout. Ça ne peut que faciliter les choses en les rendant plus claires.

La voix timide et musicale de Curly s'éleva, inattendue : l'enfant pointait l'index vers la vallée : « Regardez. Quelqu'un vient : un vélo. »

Le cycliste avançait d'une poussée régulière, un peu en danseuse à cause de la pente à gravir. Malcolm mit une main en visière devant son front : « Je ne... »

— On dirait Sylvain, dit encore l'enfant.

Le facteur... Qu'est-ce que le facteur serait venu faire à cette heure inhabituelle ? — C'était lui pourtant. Il déboucha bientôt à l'entrée de la cour. Cynthia s'avança vers lui, un verre plein à la main. L'homme retira son mouchoir, qu'il avait coincé sous sa casquette pour se protéger le cou, s'épongea, remercia : « C'est pas de refus ! Quelle cuite ! » Déjà il fouillait dans sa sacoche, en extirpait un papier bleu. « Une dépêche », expliqua-t-il en la tendant à Malcolm qui l'examina sans l'ouvrir et la remit à Cynthia : « C'est pour vous. Qui diable peut vous savoir ici ? »

Elle déplia la feuille, courut à la signature, jeta un coup d'œil surpris à Gontran. « C'est de Julien. Je... je ne comprends pas. »

Elle hésitait à lire, pressentant quelque chose de terrible.

— Eh bien, s'impatienta le sultan, il dit quoi, Julien ?

Ils la virent blêmir. Le texte était assez long. Peut-être aussi avait-elle du mal à comprendre, ou s'y refusait-elle instinctivement.

C'est à Malcolm finalement qu'elle tendit le message, sans dire un mot. Il dut le rattraper au vol, elle l'avait lâché trop tôt, comme brûlée.

— Mon Dieu, gémit-elle, mon Dieu, ce n'est pas possible ! Ce n'est pas vrai !

Malcolm releva la tête et les considéra lentement, l'un après l'autre :

— Stephen est mort. La camionnette est entrée en collision avec un transport routier, peu après avoir quitté Crèveloup. La police est sur les lieux.

— Il ne manquait plus que ça ! explosa Muhammad.

Le facteur vida posément son verre, essuya sa bouche du

revers de la main, prit un air de circonstance pour demander : « Des mauvaises nouvelles ? » Comme ça, par gentillesse, pour montrer qu'il avait du cœur et qu'il avait apprécié le coup de rouge. On lui en proposa un autre qu'il refusa, par politesse, et aussi parce que, pour pédaler sous le soleil, ça n'aurait pas été raisonnable.

Cynthia balbutia : — Je... je vous demande pardon. Je vous demande pardon à tous. Au bord des larmes.

Personne ne bougeait : leurs regards fixés sur elle. Figés : un groupe de statues de sel. Elle aussi semblait pétrifiée, hormis ses lèvres, agitées d'un tremblement convulsif. Elle avait repris le télégramme des mains de Malcolm et se mit à le froisser d'un mouvement presque insensible des doigts : ils semblaient ingurgiter le papier, on aurait dit l'absorption d'une proie par une anémone de mer. Lorsque la feuille eut intégralement disparu, elle la roula en une boule dure qu'elle finit par laisser tomber au sol, les doigts ouverts.

— Quel con ! cracha-t-elle.

Ce fut comme un signal. Tous s'agitèrent en même temps, parlant chacun de son côté et s'interrompant les uns les autres.

Curly seul se taisait, incrusté au flanc de Malcolm, le couvant de ses grands yeux admirateurs : un Saint Jean-Baptiste au regard pervers. Malcolm se détacha de lui avec douceur, puis s'approcha de sa femme, la saisit délicatement par le menton. Faussement apitoyé : « Pauvre vieille, c'est le coup dur, hein ? » (Sans pouvoir se retenir d'ajouter, avec une perfidie peut-être inconsciente) : « à tous les points de vue. » Elle se dégagea rageusement.

— Toi aussi, tu n'es qu'un con !

— Nous le sommes tous, observa le sultan avec philosophie.

Gontran ne comprenait plus. C'était son amant après tout qu'elle venait de perdre ! Quelle femme était-ce là ? De quoi devenir cinglé ! Il se mit, sans aucun motif, à pivoter sur lui-même : les autres tournoyaient autour de lui en un carrousel irréel et le soleil, derrière eux, se mêlait à leur ronde. Les bras légèrement écartés du corps, une expression niaise sur le visage, le baron avait tout du « Gilles » de Watteau. Il s'immobilisa, sans plus de raison qu'il n'en avait eue pour se mettre en mouvement, incapable de s'expliquer pourquoi il avait cédé à cette impulsion ridicule. Les observant à la dérobée, il se rassura en constatant que personne ne paraissait l'avoir remarqué.

Comme si elle avait deviné les sentiments qui l'agitaient, Cynthia s'approcha de lui : « Viens, lui dit-elle, je vais t'expliquer. » Le tutoiement insolite ne le surprit même pas. Les autres discutaient entre eux. Il y avait un grand brouhaha, duquel jaillissait parfois une gerbe de mots, comme une fusée qui presque aussitôt retombait, éteinte et inutile. « Pourtant, demanda-t-il, pourtant, vous l'aimiez ? »

— Je me demande quelle importance peut avoir ce que j'aime ou ce que je n'aime pas (et avec une violence soudaine) : Et ce que ça peut bien te foutre, à toi ? Te rends-tu seulement compte que tu es ruiné, flambé, déshonoré peut-être, à cause de ce con ? (elle y tenait ! elle prenait apparemment plaisir à se vautrer dans cette vulgarité nouvelle.) Il baisait bien, et après ? (elle eut un rire étrange) Eh bien voilà, il ne baisera plus, lui qui aimait tant ça ! Plus jamais, ça lui apprendra !

Devenait-elle folle ?

— J'aime les gens qui me servent, comprends-tu cela ? Je n'aime pas ceux qui se cassent la gueule au moment où j'ai besoin d'eux — et qui risquent de me la faire casser par dessus le marché. Les hommes sont extraordinaires ! Sous prétexte qu'ils ont fait jouir une femme (le bel exploit !) ils se figurent que c'est arrivé, qu'ils sont les maîtres. LES MAITRES ! Il l'a cru, lui aussi, le con ! Et tu te demandes pourquoi je te raconte tout cela, à toi et pas à eux : sincèrement, je n'en sais rien. Peut-être es-tu le seul à pouvoir me comprendre. Et encore !

Elle parlait très vite : une hémorragie de mots dont elle ne réalisait le sens exact qu'après les avoir prononcés, comme si elle ne commençait à les *voir* (physiquement *VOIR)* qu'une fois échappés de sa bouche.

— Pourtant je t'ai menti, Gontran-Eudes, à toi aussi. A toi comme à eux, comme à tout le monde ! Pas seulement quand et parce qu'il fallait que je mente, mais souvent pour rien, comme ça, pour le plaisir de mentir, et de mentir à un homme. *Au mâle,* pour me rassurer de me sentir la plus forte. Tiens, par exemple, mon dernier voyage en Inde : ce n'était pas vrai. Je n'y suis jamais retournée. C'est à Marseille que j'ai retrouvé Muhammad. Ça ne changeait rien que ce soit à Marseille, à Odhpur, ou n'importe où dans le monde. Simplement l'Inde, « ça faisait mieux ». Ça faisait mieux pour moi en tous cas. Ça continuait mieux l'histoire, ça lui conférait un petit air fatal qui était comme une absolution. De même que tu ne sauras jamais si je te mens encore, en ce moment-même, en t'affirmant que parmi eux tous tu es le seul à qui je me confie volontiers, avec qui j'ai envie d'être sincère. Peut-être parce que, justement, il n'y a jamais rien eu de physique entre nous. Ce n'est pas faute de t'en avoir voulu à mort — et méprisé, méprisé à en crever — de ne pas m'avoir prise de force à Lahore. C'est pourtant cela qui t'a donné une place à part dans mon (elle hésita) : dans mon esprit. (Un temps, puis) : tu vois, je n'ai pas dit : « mon cœur », je ne l'ai pas dit. Je crois bien d'ailleurs que je n'en ai pas. Tiens, Stephen par exemple : il m'a possédée, lui, totalement. Il faisait de mon corps ce qu'il voulait, ce qu'il avait, froidement, décidé d'en faire, que ce fût pour l'exalter ou pour l'avilir. Il en a joué comme un gosse d'une motte de pâte à modeler. Il savait tout de moi, pas seulement physiquement. Il connaissait tout de mes affaires, des combinaisons auxquelles mes activités me contraignaient, de mes déplacements, de mes projets, de mes ruses. (Elle s'interrompit, songeuse) : Si je te disais que la première fois qu'il m'a prise, c'était un jour de pluie. Contre un mur où nous nous étions réfugiés. J'ai lutté — ou fait semblant. Nous avons perdu l'équilibre. Il m'a possédée là, par terre, dans la boue. (Et toujours son insupportable ricanement) : Dans la boue, Gontran, représente-toi bien ça : dans la boue ! — Où en étais-je ? Oui, je disais qu'il savait tout de ce qui me concernait. Mais de moi, rien. Je ne pense pas qu'il ait beaucoup cherché : peut-être au fond cela ne l'intéressait-il pas. Nous étions deux étrangers qui faisaient l'amour ensemble. C'eût été impensable avec Malcolm, ou avec Muhammad, ou avec toi. Vous appartenez tous les trois à ce type d'hommes qui ne peuvent pas voir un tiroir sans l'ouvrir, un tabernacle sans aller fourrer leur nez dedans pour savoir s'il y a quelque chose au fond.

Il l'interrompit.

— Il y a tout de même une différence. Vous n'auriez fait pour personne ce que vous avez fait pour Malcolm. Jusqu'à nous… à *me* sacrifier.

— Oui, c'est vrai. Tu as raison. Mais pas essentiellement pour Malcolm. Plutôt pour ce qu'il signifiait. (De la manière la plus inattendue, elle renonça à le tutoyer, revint au voussoiement habituel). Concevez-vous à quel point il était injustifié de me battre pour son domaine, pour son titre, quand lui-même s'en foutait, ah ! et comment ! Les fesses roses de son giton emplissaient tout son horizon et pendant ce temps-là je me débattais… je… me débattais… je me demande bien pourquoi au fond je me débattais tant que ça !

Elle s'éloigna de quelques pas comme pour réfléchir, les mains posées à plat sur le muret brûlant de soleil, absorbée par le spectacle du vent qui chatouillait en tous sens les feuilles des oliviers : quand il les retournait, elles émettaient un bref reflet argenté comme le poisson qui tout-à-coup s'agite au fond de la rivière et dont le ventre jette un fugitif éclair blanc.

Quelqu'un appela : « Cynthia ! eh bien, Cynthia, qu'est-ce que vous faites ? On ne va pas rester comme ça, il y a des décisions à prendre ! »

C'était aux autres de les prendre désormais. Tous les autres : la police, les créanciers, l'Autre par excellence : le destin ! A moins que la fuite ne fût, elle aussi, une décision ?

— Viens, dit Cynthia à Gontran en le prenant par la main, c'est le Jugement Dernier.

Il la suivit docilement. Conscient de la subir une fois de plus. Ç'aurait été à lui de tempêter, de profiter de ce qu'il les avait tous là, ensemble, sous la main, afin de les engueuler une bonne fois pour toutes, leur cracher enfin sa rancœur et son dégoût.

— Tu sais bien que tu ne le feras pas, dit-elle de sa voix enjôleuse. Il ne s'étonna même pas de ce qu'elle l'eût deviné aussi facilement. Chaque parole de Cynthia étalait sur son front un baume lénifiant. Il céda : comme il avait toujours cédé, comme il céderait toujours. Il trouvait au fond de son abdication même une jouissance subtile et à peine douloureuse, comparable à celle que devait (du moins l'imaginait-il) dispenser l'opium.

Elle l'interrogea :

— Que comptes-tu faire maintenant ? Tu ne vas pas retourner là-bas ? Reste avec nous. Je m'occuperai de toi. (Elle aurait pu s'abstenir d'ajouter : « ce sera la moindre des choses. Je sais ce que je te dois. ») Le mot de trop : il se cabra : « Tu ne me dois rien ! »

Elle se dit que c'est avec des gars de son acabit qu'on faisait autrefois les martyrs. Gontran s'était trompé de siècle. (De siècles, au pluriel) !

On entendit hurler Malcolm :

— Je n'ai pas envie de finir en prison ! Vous allez me débarrasser le cellier de toutes les saloperies que vous y avez foutues, et plus vite que ça !

— Allons, fit Muhammad, conciliant, tu n'y es pas encore. Et de toutes manières tu n'y seras pas seul. Gontran t'y tiendra compagnie.

— J'irai avec toi, psalmodia Curly. Je ne te quitterai pas.

Cynthia entra dans le cercle. Ils se tassèrent un peu pour lui faire place.

— Les armes, dit-elle, c'est tout ce qui nous reste. La première chose à faire, c'est de les mettre en lieu sûr.

— Je veux bien, mais où ?

Muhammad écrasa sa cigarette.

— Laissez. Je m'en charge.

Gontran avança d'un pas.

— J'aimerais rentrer chez moi. Quelqu'un peut-il me conduire à la gare ?

N'obtenant aucune réponse, il n'insista pas.

— J'enverrai un camion demain, dit le sultan à Malcolm. Ils ne viendront pas d'ici là.

— Et moi, demanda Cynthia. Qu'est-ce que je deviens, là-dedans ?

Gontran s'éloigna, conscient que la discussion allait sombrer dans le sordide. Depuis un moment, le souvenir de

Boy ne le quittait plus. Pour un peu il aurait envié Malcolm, sur la poitrine de qui reposaient les boucles pâles de Curly. Un curieux sentiment de fierté l'envahit : la comparaison entre Boy et Curly. Mais était-ce vraiment mieux ?

Cynthia entraîna le sultan à l'écart :

— Nous sommes dans une drôle de merde, Mu'hi. Elle ne l'avait appelé de ce nom que deux ou trois fois, dans des occasions... très particulières. Il cueillit entre ses doigts une mèche des cheveux de la jeune femme, la tordit en une sorte de flamme claire au dessus de son oreille, remarqua tranquillement : « Vous devenez grossière, ma chère. Attention ! Le vernis craque. Je vous préfère en aristocrate. »

Lui aussi considérait qu'elle jouait un rôle.

— Je vous choque ?

— Pas vraiment. Vous réussissez assez bien à être vulgaire avec élégance. Presque comme une vraie lady.

Malcolm intervint.

— Faites ce que vous voudrez, après tout. Tout ce que je vous demande c'est de ne pas me mêler à vos conneries. Je ne vous ai rien demandé, alors foutez-moi la paix !

— Tu rabâches, laissa-t-elle tomber.

— Je me demande, trancha le sultan, comment je vais m'y prendre pour les réparer, vos... conneries !

Cynthia se serra contre lui :

— Vous ne croyez pas que je pourrais vous y aider un peu ?

Une tristesse immense envahissait Gontran : « Une pute, une vraie pute ! » N'était-elle donc que cela ? « C'est moche, se reprocha-t-il, je suis trop injuste. »

Malcolm avait posé une main sur les lèvres de Curly. Le jeune garçon lui mordillait l'index, sans cesser de surveiller Cynthia. Malcolm se pencha, cueillit une bouteille sous la table, remplit les verres à la ronde. Gontran demanda :

— Vis à vis des autorités, qui va passer pour le responsable, en fin de compte ?

— Qui ? mais vous ! Qui voulez-vous ?

Il aurait aimé avoir un pistolet-mitrailleur sous la main, pouvoir les arroser froidement, l'un après l'autre. Sans remords. Mais voilà, il manquait le fusil-mitrailleur. « Vous allez vraiment partir avec lui ? » demanda-t-il à Cynthia.

— Lui ou un autre…

(« Un jour viendra où je me reprocherai de ne pas l'avoir étranglée de mes mains. Là, tout de suite, après il sera trop tard »).

Il était déjà trop tard. De toutes manières, il avait toujours réagi trop tard, toute sa vie.

— J'ai posé une question tout-à-l'heure, redemanda-t-il. Quelqu'un peut-il me conduire à la gare ?

— Vous tenez tellement à retourner là-bas ? questionna le sultan. Après tout, comme vous voudrez. Cynthia ? Nous partons, Cynthia.

Malcolm s'avança vers elle. « On s'embrasse ? » Ils le firent, « cousin-cousine », sur les joues. Dans la foulée, elle colla deux baisers sonores sur les joues de Curly.

Ce fut tout.

Gontran croyait rêver. Il eut encore le temps d'apercevoir Malcolm qui, ayant une fois de plus rempli son verre, l'élevait dans la lumière et souriait au rubis qui s'allumait dans les profondeurs du liquide. Curly saisit la main qui tenait le gobelet, l'approcha de sa bouche, avala une gorgée avant de relever la tête vers Malcolm qui buvait à son tour en prenant soin de poser ses lèvres très exactement sur l'empreinte qu'y avaient laissée celles de l'adolescent.

***

12.

— Je savais que vous reviendriez, monsieur le baron. Je le savais bien, moi !

— Pourquoi ne serais-je pas revenu, Julien ?

— Ils disaient le contraire, tous.

— Tous ? Qui cela, tous ?

— Mais tous, monsieur le baron ! Ils sont tous venus, les uns après les autres : le maire en premier, puis la police et aussi des Inspecteurs de la... Ils m'ont bien fait voir leurs cartes, mais je n'arrive pas à me rappeler le nom exact : il y avait « territoire » dans le titre, mais eux m'ont dit autre chose, des initiales, ça ressemblait à DDT.

— La DST ?

— Oui, je crois que c'est ça : DST.

— Déjà ! Ils n'ont pas perdu leur temps.

— Même Babolat.

— Ah, Babolat ! Lui aussi « déjà » !

Le marchand de bois...

— Il m'a demandé si je savais où vous prendre. Il insistait. Il disait je serai discret, vous n'avez rien à craindre. Il fallait surtout que je vous recommande de ne rien faire avant de l'avoir vu, qu'il était le seul à pouvoir vous faire des offres intéressantes...

La vision noire d'un charognard ouvrant ses ailes sur une haie traversa l'esprit de Gontran et le fit sourire.

— S'il revient, tu lui diras... Ou plutôt non, tu ne lui diras rien du tout. Il attendra...

Déjà il escaladait le perron. Julien le rattrapa en courant.

— Attendez, monsieur le baron ! Ce n'est pas tout. Avant d'entrer... je dois vous expliquer...

Ce n'était pas sorcier à deviner. On sait à quoi ressemble une perquisition.

— Beaucoup de dégâts ?

— Je ne sais pas. Beaucoup de désordre. Je n'ai touché

à rien. Ils… ils ont cassé le chandelier de cristal. Ils n'ont pas fait exprès. Un jeune, en se retournant…

Le chandelier Louis XV ! On se le transmettait pieusement, de génération en génération. Un la Roche-Cervières l'avait rapporté de Versailles, où il était courtisan. Le roi en personne lui en avait fait don en remerciement d'on ne savait plus quel service. Mais on se racontait l'histoire avec des airs entendus. Eh bien, tant pis pour le chandelier Louis XV ! Même le spectacle des livres répandus sur le sol, des incunables jetés à terre, leurs pages froissées ou arrachées, le laissa indifférent. Rien. Pas même le réflexe de dire : « les sauvages ! ». Il ramassa pourtant, d'un geste machinal, une précieuse Chronique de Nuremberg dont le dos avait éclaté et la replaça avec précaution sur une étagère.

— Je remettrai tout en ordre. Je sais l'endroit pour chaque chose.

— Ne te presse pas, Julien. Tout cela n'a plus beaucoup d'importance.

Il se retourna brusquement.

— Sont-ils allés à Crèveloup ?

— Oui, je crois.

— Les enfants ? Qu'est-ce qu'ils ont fait des enfants ?

— Mais rien, monsieur le baron. Ils y sont toujours, à ma connaissance.

— Bien sûr.

On ne déménage pas plusieurs dizaines de garçons aussi facilement que les grimoires d'une vieille bibliothèque.

— Et Boy ?

— Boy n'est plus là-bas, monsieur le baron.

Gontran sursauta :

— Quoi ? Plus là-bas ? Tu ne me disais rien ? Où est-il ? Que sais-tu ?

Il se précipita à la fenêtre pour vérifier si le taxi, à qui il avait donné l'ordre d'attendre, était bien toujours là.

— C'est moi, monsieur le baron. J'ai pris ça sur moi. je suis allé le chercher.

Les couleurs revenaient sur le visage de Gontran.

— Où l'as-tu mis ?

— Mais ici, monsieur le baron. J'ai attendu qu'ils aient

fini de tout flanquer en l'air, puis je suis allé le chercher : avec Bellérophon.

Le souvenir revint au baron de sa folle chevauchée avec Boy, il y avait si peu de jours... il y avait si longtemps !

— Va me le chercher.

Julien souriait.

— Eh bien, qu'est-ce que tu attends ? Je t'ai dit : va me le chercher !

Ce n'était pas la peine. Boy s'encadrait dans la porte de la bibliothèque. Il la franchit en courant et sa claudication le faisait ressembler à un oiseau blessé auquel on a coupé l'extrémité d'une aile. Gontran lui ouvrit les bras. Il s'y jeta, et le vieux célibataire crut accueillir un petit animal tiède et confiant.

— Boy, dit-il avec émotion. Boy...

Puis à Julien, avec inquiétude :

— Tu es sûr que personne ne vous a remarqués ?

— Ça m'étonnerait, monsieur le baron. Je m'étais permis d'emporter la pèlerine de monsieur le baron : la grande noire. Je l'ai caché dessous. J'espère que monsieur le baron ne m'en voudra pas de la liberté que j'ai prise.

Pendant tout le temps qu'avait duré le trajet en train, Gontran-Eudes avait eu le temps de réfléchir. Aussi bien, dans la voiture, Cynthia lui avait-elle longuement commenté la situation : « Je sais dans quel épouvantable pétrin je vous ai fourré, mon pauvre. Mais je ne pouvais tout de même pas m'attendre à ce qui est arrivé. » Elle lui avait renouvelé son offre de tout plaquer, de partir avec elle et avec le sultan. Là-bas (elle ne précisait pas ou) ils se débrouilleraient, d'une manière ou d'une autre. On lui trouverait une occupation, quelque chose. « Ça ne va pas être facile non plus pour Muhammad après cette histoire. On lui avait donné carte blanche pour les armes, à condition que rien ne transpire. Mais je ne m'en fais pas trop pour lui. Il a le bras long. »

L'examen des faits était d'une clarté affligeante : non seulement le Français était spolié de tout, (la Roche-Cervières et Crèveloup hypothéqués jusqu'aux cheminées), mais en plus, en tant que PDG de la Fondation, il était responsable à cent pour cent. Il ne se demanda qu'accessoirement comment les autres feraient pour s'en sortir : pas de problème pour Malcolm à condition qu'ils se débrouillent pour mettre les armes à l'abri avant que la police n'ait l'idée de fourrer son nez au Mas. Il faisait confiance à Cynthia et à Muhammad pour se tirer d'affaire : ce n'étaient pas des enfants de chœur. Ils venaient de se révéler comme les vrais meneurs de jeu. Tout en réfléchissant, il se sentait étrangement envahir par un calme, une sérénité, totalement déraisonnables d'ailleurs, qui confinaient à de l'indifférence. Ces êtres, qui étaient à deux reprises entrés dans son existence de la manière la plus fracassante, qui avaient si lourdement pesé sur son destin, lui étaient devenus étrangers. Même parmi eux, et surtout peut-être, Cynthia. Tout juste cette question posée : « Quelle opinion me ferai-je d'elle plus tard, lorsque tout cela ne constituera plus qu'un banal recueil de souvenirs ? » Quelle opinion à vrai dire aujourd'hui — ou hier ? L'avait-il vraiment aimée ? Et si oui de quelle façon ? Il était totalement dépouillé, un peu à la manière de ces malheureux frappés par la foudre et qui se retrouvent en pleins champs, nus et grelottants. Déshabillé de l'amitié, de l'amour. L'amour ! Avait-il jamais su ce que c'était ?

Dépouillé, mais libre. Merveilleusement libre… et vide. Il n'avait sincèrement rien ressenti lorsque, rentrant chez lui, il avait découvert sa demeure ravagée, ses livres, conservés au prix de tant de sacrifices, saccagés. De cela aussi il était délivré : sa maison, sa famille, ses ancêtres, jusqu'au nom qu'il portait, toute la saga qui, sa vie durant, avait bouillonné dans ses veines. Sa race, dont il était le dernier surgeon… flétrissant.

Restait Boy, dont la petite main se frayait un chemin à l'intérieur de la sienne et l'entraînait au dehors. Quelle différence avec le temps cru et hostile qu'il faisait lorsque, quelques jours plus tôt, il avait quitté la Roche ! Un printemps discret était venu s'installer pendant son absence, encore tout humide de pluie, parfumé à la feuille mouillée, au bourgeon frais. Doux, moite, intime.

Les idées se bousculaient sous son crâne. Sans la présence de Boy, tout aurait été si simple. Il est dans la vie des circonstances où, lorsqu'on est un la Roche-Cervières, on n'a plus à s'interroger. Seulement voilà, *il y avait* Boy.

— C'est beau chez toi, dit l'enfant. Très beau.

— Oui, Boy, c'est très beau.

Il n'ajouta rien : lui raconter quoi ? Et comment ? Que des siècles de traditions étaient en train de mourir précisément en ce moment même, que rien de tout cela ne lui appartenait plus, qu'il n'était plus chez lui ?

— Avez-vous faim ? demanda Julien. Voulez-vous que je vous prépare quelque chose ?

— Boy a mangé ?

— Oui, monsieur.

— Alors, c'est bien.

Il y eut un peu de bruit dans le corridor : « Va voir ce que c'est. »

Julien revint presque aussitôt. « C'est le chauffeur de taxi. Il demande s'il doit encore rester. » Gontran l'avait oublié. Ce fut comme une révélation : une fois le taxi parti, rien ne les reliait plus à l'extérieur. La Roche redevenait une île, noire et perdue dans la nuit qui déjà se refermait sur elle. Il se sentit pris de panique : c'est tout de suite qu'il fallait prendre une décision. Demain serait trop tard. Demain, c'étaient les policiers, la justice, la DST, Dieu sait quoi.

— Dis-lui de ne pas s'en aller, bon Dieu ! Il peut bien attendre encore un peu. De quoi a-t-il peur ? Que je ne le paie pas ?

La décision… Elle s'appelait Boy, la décision. Rien ne comptait plus en dehors de lui. Il caressa la tête frisée qui aussitôt se redressa. L'expression du gamin le bouleversa : un jeune chien confiant.

— Je ne vais tout de même pas te laisser vendre. Pas toi !

Il rappela Julien.

— Ecoute… Dis-lui… Non, ne lui dis rien. Va avec lui, tout-de-suite. Et ramène-moi Babolat. Im-mé-dia-te-ment !

Tout avait été facile. Trop. Le marchand de bois n'en

croyait pas ses oreilles. A se demander s'il n'y avait pas un coup fourré quelque part. Mais non : le baron lui avait tout précisé en détail : les hypothèques, les ennuis qui l'attendaient, dès le lendemain.

— Si j'avais su, zozota le négociant, j'aurais apporté du papier timbré.

— Si c'est ce qui vous gêne, Julien nous servira de témoin.

Gontran lui abandonnait tout : les bâtiments et ce qu'il y avait dedans. Malgré les hypothèques à prendre en charge, cela restait une mirobolante affaire. Une seule condition, acceptée « dans la foulée » : Prendre Boy. S'en charger. Lui fabriquer un avenir.

Babolat hocha la tête pour la forme : « Ça a l'air d'un bon petit. » Le charbonnier n'était pas mauvais homme. Ce n'est pas être un mauvais homme que d'avoir envie de terres et de châteaux.

Gontran prit l'enfant par les épaules : « Tu vas aller avec Monsieur. Il va s'occuper de toi. Tu verras, il a une belle maison, lui aussi, et une femme très gentille, et une fille, une jolie petite fille blonde avec qui tu pourras jouer tant que tu voudras. »

— Mais vous ?

— Ne t'inquiète pas de moi. J'irai te voir plus tard. Beaucoup plus tard.

Il serra la main de Babolat, fit signe à Julien de payer le chauffeur. Le marchand de bois se récria : « Pensez-vous, monsieur le baron, laissez-moi ça ! »

Il disait au revoir, il disait merci, merci beaucoup, monsieur le baron ! Il disait : « Pour le gosse, soyez tranquille » et en même temps il clignait de l'œil d'un air complice. Il disait : « C'est pas la place ni le travail qui manqueront pour lui plus tard. » Il sortait à reculons, en saluant, comme un valet de comédie. Boy se détacha de lui, revint sur ses pas en courant, sauta au cou du baron, l'embrassa sur les deux joues, très fort, en y écrasant la bouche et le nez. Puis il rejoignit le marchand sans se retourner.

Gontran attendit d'avoir entendu le moteur ronfler. Les roues firent crier le gravier. Puis la voiture s'éloigna. Dans le silence revenu, un oiseau fit entendre un cri, un seul, un peu triste. Gontran se tourna vers Julien :

— Maintenant nous allons dîner. Comme autrefois.

Julien alla chercher sur la cheminée le grand chandelier d'argent dont il alluma les bougies une à une, méthodiquement, comme cela doit se pratiquer, en laissant bien prendre chaque flamme. L'ayant déposé sur la table il s'inclina :

— Si monsieur le baron le permet, je vais aller me changer et préparer sa jaquette. Le temps que monsieur le baron prenne son porto, tout sera prêt.

La lumière des bougies vacillait un peu. Elles n'étaient qu'à-demi consumées.

— Il y a un courant d'air quelque part, fit remarquer Gontran.

— C'est toujours le même, monsieur. Celui qui passe sous la porte d'entrée. Comme je l'ai souvent suggéré à monsieur le baron, on devrait peut-être…

Il n'alla pas plus loin, conscient de proférer une incongruité. Gontran sourit : « Babolat fera ce qu'il faut, même une porte neuve. Le bois, ça le connaît. »

— Monsieur ne prendra plus rien ?

— Si. Tu vas aller chercher une bouteille de champagne. Il doit en rester une ou deux. Et tu apporteras deux flûtes.

Ils les burent debout, l'un en face de l'autre, gravement.

— Maintenant, va seller Bellérophon.

Demeuré seul, le baron emplit une deuxième fois sa coupe, la fit tourner dans sa main, regarda se faire et se défaire les perles d'ambre et de topaze qu'y éparpillait le reflet des bougies. Puis il l'éleva, presque à bout de bras, la présenta aux tableaux noyés d'ombre où luisaient vaguement les portraits de ses ancêtres : un toast muet et fraternel, un peu railleur, qu'il adressa à chacun d'eux tour-à-tour. Après quoi il vida son verre. Cul sec.

Sur le point d'enfourcher Bellérophon, Julien ne lui demanda pas comme d'habitude si « monsieur le baron comptait rester absent longtemps ? » Julien semblait avoir perdu l'usage de la parole. Il accomplissait les gestes habituels, avec calme et méthode, et toute la déférence qu'imposait sa condition. Lorsqu'il fut certain que son maître était confortablement installé, il lui tendit sa cravache.

— Adieu, Julien, dit Gontran-Eudes de la Roche-Cervières.

— Adieu, monsieur le baron.

— Le clair de lune sera magnifique tout-à-l'heure sur le lac.

— Magnifique, monsieur le baron.

— C'est bien, Julien, je te remercie. Tu peux rentrer, maintenant.

C'était un ordre. Gontran suivit des yeux le vieux domestique jusqu'à ce qu'il eût atteint la porte : il marchait raide, un peu compassé. Parvenu au sommet de l'escalier, il ralentit insensiblement l'allure pour chasser d'une chiquenaude une poussière qui maculait son gilet rayé. Derrière le vantail il s'arrêta pour écouter décroître le bruit des sabots dans le parc, puis il pénétra dans la salle-à-manger. Sur la cheminée, bien en évidence, trônait une grosse enveloppe. A son nom.

Elle contenait une somme assez importante en billets de banque : tout ce qui restait, en fait, de l'époustouflante aventure que venait de vivre le dernier des la Roche-Cervières, et une lettre de recommandation à l'intention de « mon vieux compagnon, le duc de Fervacques, aux bons soins de qui je confie le sort du plus parfait des serviteurs et du plus fidèle des amis. »

Alors seulement, Julien se laissa tomber sur la chaise disposée en face du fauteuil vide de son maître et, la tête dans les mains, se mit en devoir d'attendre que le martèlement des sabots de Bellérophon retentît à nouveau dans la cour.

Un bruit qu'il saurait reconnaître tout de suite : celui, affligé et funèbre, d'un cheval sans cavalier.

FIN

ACHEVÉ D'IMPRIMER
EN SEPTEMBRE 1995
SUR LES PRESSES DE
L'IMPRIMERIE DU LION
90700 CHATENOIS LES FORGES
DÉPOT LÉGAL : 3e TRIMESTRE 1995

N° Imprimeur E5072098

IMPRIMÉ EN FRANCE